Inge Pröll

Schluss mit Zoff und Tränen

Inge Pröll

Schluss mit Zoff und Tränen

Auswege aus Beziehungskrisen

Kreuz

Die Gedanken, Methoden und Anregungen in diesem Buch stellen die Meinungen beziehungsweise Erfahrungen der Verfasserin dar. Sie wurden von der Autorin und der Herausgeberin nach bestem Wissen erstellt und mit größtmöglicher Sorgfalt überprüft. Jede Leserin, jeder Leser sollte für das eigene Tun und Lassen auch weiterhin selbst verantwortlich sein. Daher erfolgen Angaben in diesem Buch ohne jegliche Gewährleistung oder Garantie des Verlags oder der Autorin. Eine Haftung des Verlags oder der Autorin für etwaige Personen-, Sach- und Vermögensschäden ist ausgeschlossen, es sei denn im Falle grober Fahrlässigkeit.
Namen und persönliche Angaben der Frauen, die sich in den Erfahrungsberichten äußern, wurden geändert. Ähnlichkeiten und Übereinstimmungen mit lebenden Personen sind zufällig.

Herausgegeben von Brigitte Huber

Die Deutsche Bibliothek – CIP-Einheitsaufnahme

Pröll, Inge:
Schluß mit Zoff und Tränen : Auswege aus Beziehungskrisen / Inge Pröll. [Hrsg. von Brigitte Huber]. - Stuttgart : Kreuz, 1999
ISBN 3-7831-1681-3

1 2 3 4 01 02 00 99

Stuttgart, Postfach 80 06 60, 70506 Stuttgart, Tel.: 07 11/7 88 03-0
Umschlaggestaltung: Jürgen Reichert, Stuttgart
Umschlagfoto: J-M. Foujols/Premium
Satz: Buch-Werkstatt GmbH, Bad Aibling
Druck und Bindung: Printed in Germany
ISBN 3 7831 1681 3

Inhalt

1. Einleitung

Alle sprechen vom Trennen, wenige vom Durchhalten

Als ich Freunden und Bekannten von meinem Plan erzählte, ein Buch über Partnerschaften in der Krise zu schreiben, bekam ich nicht – wie erwartet – erstaunte oder auch irritierte Bemerkungen zu hören. Ganz im Gegenteil: Alle reagierten interessiert, ja fast begierig. Die typische Antwort war: »Einige Tipps könnte ich auch gebrauchen. Du weißt doch, dass ...«.

Liebe, die Beziehung zwischen Frau und Mann mit all ihren Hochgefühlen und Problemen, treibt uns um. Sie beschäftigt uns wie kaum ein anderes Thema.

»Wir wissen es seit Jahrtausenden«, stand einmal in einem Streiflicht der Süddeutschen Zeitung, »Frauen und Männer passen nicht zusammen. Das Wunder der Menschheit ist, dass wir es immer und immer wieder versuchen, allen negativen Erfahrungen zum Trotz.« Nun weiß ich nicht, ob Frauen und Männer tatsächlich nicht zusammenpassen. Eines aber ist sicher: Wenn sie sich zusammentun, entstehen unendlich viele Probleme. Und trotzdem ist es auch heute das Ziel der meisten Menschen, mit einem Partner glücklich zu werden, möglichst lebenslang.

Die Statistik, die uns sagt, dass jede dritte Ehe mit Scheidung endet, schreckt dabei niemanden. Jeder glaubt, er kann es besser machen. Wir lesen zwar überall von Trennungen, doch uns allen geht es ums Durchhalten. Und das ist nicht abwegig. Denn die Scheidungszahlen verstellen den Blick auf die 66 Prozent aller Ehen, die nicht durch Trennung enden. Die Zahlen zeigen auch nicht, dass zu keiner Zeit Paare so lange zusammengelebt haben wie heute. Wer erreichte vor hundert Jahren schon die silberne oder gar die goldene Hochzeit?

Doch es geht um mehr. All diese Zahlen und Argumente sagen nur etwas aus über die von außen zu beurteilende Stabilität von Beziehungen, nichts aber darüber, was uns heute wirklich interessiert: die Qualität einer Partnerschaft.

Genau davon handelt dieses Buch. Wir wissen nicht, wie viele Paare jahrelang unzufrieden mit ihrer Beziehung sind. Therapeuten schätzen, dass mindestens jede zweite Ehe nicht glücklich ist. Die Betroffenen wollen sich offenbar nicht damit abfinden. Das zeigt die rege Nachfrage bei Ehe-, Familien- und Lebensberatungsstellen. Die Zahl dieser Einrichtungen ist seit dem Zweiten Weltkrieg sprunghaft gestiegen. Und die Chancen, eine glückliche Beziehung zu führen, stehen nicht schlecht.

Es gibt nämlich typische Krisen und Verhaltensmuster, mit denen sich viele Paare herumschlagen. Nicht immer ist es mit einigen Tipps getan, doch es lassen sich mögliche Auswege aufzeigen. Patentrezepte kann und will dieses Buch nicht liefern. Dazu sind wir Menschen nun doch zu verschieden. Aber es analysiert typische Problemfelder, beleuchtet mögliche Ursachen solcher Krisen und zeigt Lösungsmöglichkeiten auf. Es soll ein praktischer Ratgeber für Frauen sein (selbstverständlich dürfen auch Männer schmökern), die unzufrieden mit ihrer Partnerschaft sind, von Trennung aber nichts wissen wollen. Sie können sich selbst helfen.

Denn: Glückliche Beziehungen sind möglich.

Noch eine Anmerkung: Ich verwende in diesem Buch die Begriffe Ehe, Partnerschaft und Beziehung synonym.

2. Partnerschaft in der Krise – was heißt das?

»Sind Sie der Mann zwischen 40 und 50 Jahren, privat ungebunden, gut aussehend, gutsituiert, natürlich, naturverbunden, geistreich und humorvoll, der durch seine Lebenserfahrung ruhig und reif, aber nicht müde geworden ist, der gestandene Mann und Junge zugleich, für den das Alter eine Sache des Kopfes und nicht des Geburtstages ist, für den Liebe, Treue und Sich-Haben das Größte im Leben sind, der gutes Essen, Reisen, gute Gespräche, Kultur und Sport liebt, der eine attraktive, reizvolle, sensible und charmante Frau, 36 Jahre, 165 cm, dunkelhaarig, selbstständig, ungebunden mit gutem Lebensstil, verwöhnen kann?
(aus: Bekanntschaftsanzeigen der ZEIT)

Lächeln Sie über die hohen Erwartungen, die diese Frau an ihren Wunschpartner stellt? Tun Sie es nicht! Denn letztlich befinden wir uns alle auf der Suche nach dem Märchenprinzen. Vielleicht wollen wir es uns nicht eingestehen, aber tief in unserem Inneren erwarten wir von einer Partnerschaft alles, und möglichst noch mehr: die ganz große Liebe, Geborgenheit, aufregenden Sex für die nächsten zwanzig Jahre, Stabilität, Verständnis, wirtschaftliche Sicherheit, Spaß, erotische Hochspannung und das traute Familienglück. Welche Frau wünscht sich nicht, dass ihr Mann ihre Gefühle schon kennt, bevor sie ausgesprochen sind, und darauf verständnisvoll eingeht? Jeder von uns trägt seine Erwartungen – wo immer sie auch herkommen mögen – mit sich herum. Und wenn sie der andere nicht erfüllt, sind wir enttäuscht, frustriert und ärgerlich.

Deshalb: Wenn sich zwei Menschen verlieben, sind Konflikte oft programmiert. Denn jeder geht mit unterschiedlichen Wünschen und Erwartungen in eine Partnerschaft, jeder ist verschieden.

Nehmen wir Petra und Klaus. Sie ist eine Langschläferin. Morgens kommt sie kaum aus dem Bett, taumelt ins Bad, und am Frühstückstisch hat sie am liebsten ihre Ruhe. Klaus dagegen ist auch um sieben Uhr schon putzmunter. Beim Kaffeetrinken verplant er den ganzen Tag und geht Petra damit fürchterlich auf den Geist. Er wiederum hat kein Verständnis für das morgenmuffelige Verhalten seiner Frau, und schon ist der Konflikt da.

Diese oder ähnliche Situationen kennt jedes Paar. Sie sind – wie gesagt – normal. Es kommt nun nur darauf an, wie die beiden mit diesem Konflikt umgehen. Reden sie darüber und versuchen, eine Lösung zu finden, die für beide akzeptabel ist? Das wäre eine der positiven Möglichkeiten, ja die hohe Schule der Konfliktlösung. Eine andere wäre der Streit. Ja, Sie haben richtig gelesen: Streit löst Konflikte und verhindert Krisen. Denn sein Sinn ist es, die Nähe, die in unserem Fall Petra und Klaus verloren haben, wieder herzustellen, die Frustrationen aufzulösen. Wenn zwei Menschen richtig streiten können, lösen sie ihre Schwierigkeiten, bevor eine Krise entsteht. Solch ein Paar kann auch mit den unauflösbaren Konflikten – denn auch solche gibt es – leben, weil sie ihre anderen Probleme positiv und gemeinsam anpacken. Also, streiten Sie auf Teufel komm raus! Wichtig dabei sind nur zwei Dinge: Lassen Sie aus der Streiterei keinen Dauerzustand werden und verwenden Sie keine scharfen Klingen. Worte und Zynismus können den Partner unendlich verletzen. Jeder sollte sich deshalb genau überlegen, was er sagt. (Mehr dazu im nächsten Kapitel.)

Leider haben viele Menschen nie gelernt, richtig zu streiten. Viele Umfragen zeigen: Wir sind Streitvermeider, geben gegen unser Gefühl nach (das gilt vor allem für Frauen), verdrängen unseren Frust, schweigen und resignieren. Und eh wir uns versehen, ist die Krise da.

Sie entsteht, wenn ein Konflikt immer wieder mit großer Heftigkeit auftritt oder ein Paar ständig mit neuen Problemen zu kämpfen hat. Nun ist eine Krise zunächst nichts Schlimmes. Im Gegenteil, sie beweist, dass die Partnerschaft noch lebt, dass das Paar noch etwas verbindet. Auch ist das Ende solch einer schwierigen Phase grundsätzlich nach beiden Seiten offen – es kann gut oder schlecht ausgehen. Entscheidend ist, wie Sie mit der kritischen Situation umgehen, wie Sie sich verhalten. Und genau damit haben die meisten Menschen enorme Probleme. Denn wir alle neigen in Krisensituation dazu, in alte, vertraute, aber meist falsche Verhaltensmuster zu verfallen. Wenn also einer gut schweigen kann, dann tut er das auch. Und wenn ein anderer dazu neigt, bei Problemen zu schreien und mit Wutanfällen zu reagieren, tut er das auch und ganz besonders in einer Krise. Das Ergebnis ist katastrophal: Das Paar manövriert sich in eine ausweglose Situation. Die Partner beherrschen die Krise nicht mehr, sondern werden von ihr beherrscht. Keiner der beiden ist mehr in der Lage, einen Schritt zurückzugehen und nach den Ursachen ihrer Situation zu fragen. Keiner kann sich selbst und sein Verhalten in Frage stellen. Beide sind der Situation hilflos ausgeliefert, sehen keinen Ausweg mehr.

Dabei wäre es oft gar nicht so schwer, aus der Krise auszubrechen und sie zu lösen. Oft reicht es schon, die Ursachen zu erkennen – allein oder mit einem Therapeuten – und neue Lösungsmuster zu entwickeln. Denn so verschieden jeder Mensch ist, in Partnerschaften tauchen immer dieselben Krisen auf und dieselben Verhaltensmuster. Dieses Buch wird die zehn wichtigsten Krisen darstellen und Wege daraus aufzeigen. Viele Beispiele schildere ich aus der Sicht der Frauen. Denn meist sind sie es, die die Belastung nicht mehr aushalten und nach Auswegen suchen. Aber selbstverständlich gibt es für jedes Beispiel auch den umgekehrten Fall.

3. DAUERCRASH

»Wir streiten uns nur noch!«

Streiten ist gesund, habe ich im letzten Kapitel geschrieben. Das stimmt. Wer mit dem Liebsten streitet, erlebt ihn auf einmal als ganz fremd. Dieser Abstand besänftigt und erlaubt es, wieder aufeinander zuzugehen, die schönen und reizvollen Seiten des Partners zu sehen. Streit verbindet, weil er zunächst trennt. Doch wird das Streiten zum Dauerzustand, zermürbt es die Partner. Das Gleichgewicht von Nähe und Distanz geht verloren. Es bleibt nur noch die Distanz und bestenfalls die Erinnerung an frühere liebevolle Nähe.
Wenn Dauercrash herrscht, muss dieser Teufelskreis unbedingt unterbrochen werden, sonst geht die Partnerschaft in die Brüche.

Tina und Christian

Mit einem dumpfen Schlag fällt die Tür ins Schloss und Christian ist weg – zum dritten Mal in dieser Woche. Tina sitzt verzweifelt auf dem Sofa. Sie weint nicht, sie fühlt sich schlicht dumpf und leer. Wieso ist es wieder zum Krach gekommen?, fragt sich die 39jährige. Und: Warum können wir über nichts mehr reden, ohne uns in die Haare zu bekommen?

Tina und Christian sind seit sechs Jahren verheiratet. Der sportliche, lebensfrohe Architekt hatte der attraktiven, selbstbewussten Tina auf Anhieb gefallen. Alles passte am Anfang. Beide liebten ihren Beruf über alles. Tina hatte sich damals als Designerin gerade mit einem kleinen, exklusiven Modeatelier selbstständig gemacht; Christian, drei Jahre älter als sie, führte bereits sein eigenes Büro und hatte einige große Aufträge an der Angel. Zusammenleben und die Freizeit gemeinsam genießen, das wollte das Paar. Sie hatten sich, das war wichtig. Es spielte keine Rolle, dass Christian zweimal die Woche zum Squashen ging und die Wochenenden am liebsten in den Bergen verbrachte – zum Klettern im Sommer und zum Skifahren im Winter. Ganz im Gegenteil: Das aktive Leben mit ihrem Mann machte Tina Spaß. Auch sie begann Sport zu treiben. Und schließlich gab es die gemeinsamen Städtereisen und Ausstellungsbesuche. Alles schien ideal. Christian bewunderte und begehrte seine tolle Frau, die immer perfekt gekleidet über Malerei und Bücher diskutieren konnte. Und auch auf der Piste oder im Court machte sie keine schlechte Figur. Tina wiederum fand bei ihrem Mann die Bodenständigkeit und Sicherheit, die sie immer vermisst hatte. Konflikte legten die beiden schnell bei, vor dem Kamin, bei einer Flasche Wein bei ihrem Lieblingsitaliener, oft auch, weil Tina nachgab.

Heute kommt es gar nicht mehr zu einer richtig schönen Versöhnung, weil ihre Kräche so heftig und böse geworden sind, dass jeder zunächst einmal Abstand vom anderen braucht. Und danach vermeiden beide das kritische Thema. Mittlerweile stellt Tina beim Nachdenken auf dem Sofa fest, gibt es fast nur noch heikle Themen. Die beiden streiten nahezu über alles: Gehen wir auf dieses Fest oder nicht? Wer muss die Küche aufräumen und wer ist mit dem Einkaufen dran? Passt das gelbe Hemd zum nachtblauen Sakko? Wer kann den Wagen besser einparken? Gehört Safran in die Soße zum Fisch oder nicht? Die Liste der Anlässe für einen Streit ist schier unendlich. Und alle laufen nach demselben Schema ab. Auch das wurde Tina an diesem Abend bewusst. Wie dieses Mal.

Tina wollte im Juni unbedingt für zwei Wochen auf diese wunderschöne griechische Insel, über die sie neulich einen Bericht gelesen hatte. Eigentlich war sie auch mit dem Wählen dran. Denn beide hatten sich vor Jahren darauf geeinigt, dass sie abwechselnd den Urlaubsort aussuchen durften. Christian liebt nun mal die Berge oder Surfreviere, Tina faules Sonnen am Meer oder Pool und Kulturreisen. Doch an diesem Abend hatte Christian vorsichtig angedeutet, dass er keinerlei Lust auf romantische Strände und griechische Ruinen verspüre. Und seine Frau hatte gleich die Stacheln aufgestellt, war richtig sauer geworden und zum Angriff übergegangen: »Das ist typisch, du hältst dich nicht an unsere Verabredungen. Für dich zählt doch nur noch dein blöder Sport. Du nimmst keine Rücksicht auf mich« usw. Aber auch er nahm kein Blatt vor den Mund. Da war von trägem Herumliegen die Rede und von überkandidelten Hotels mit versnobten Gästen, von denen er die Nase voll hätte. So gab ein Wort, eine Beleidigung die andere, bis Tina schließlich wutentbrannt schrie, sie denke gar nicht daran, mit einem Mann ein Kind in die Welt zu setzen (darüber hatten sie hin und wieder im vergangenen Jahr gesprochen), der derartig rücksichtslos sei und sich nicht mal an simple Vereinbarungen halte. Worauf ihr Mann schweigend gegangen war.

Tina wird an diesem Abend klar, dass ihre Ehe vor dem Abgrund steht. Doch sie will und kann das nicht akzeptieren. Christian ist noch immer der Mann, mit dem sie leben möchte, nicht nur weil beide viel verbindet. Und ihr wird auch klar, dass sie sich in einem Teufelskreis befinden, aus dem sie unbedingt ausbrechen müssen. Denn so weiterleben wie bisher möchte Tina – und sicher auch Christian – nicht.

Typischer Streit

Ausgangssituation: Uschi und Bernd stehen gegen Mitternacht in der Küche und räumen auf, nachdem ihre Freundin Petra gerade eben nach Hause gegangen ist.

Bernd: »Das war ja wieder völlig daneben, wie du dich eben verhalten hast.«

(Kritik)

Uschi: »Ich? Wieso ich? Du hast ja auch nichts mehr gesagt!«

(Kritik)

Bernd: »Warum sollte ich das, Petra ist doch deine Freundin, oder etwa nicht?«

(Rechtfertigung)

Uschi: »Ach so, plötzlich ist sie meine Freundin. Wer hat sie denn in unser Haus gebracht? Wer lädt sie denn immer ein? Das bist doch du!«

(Kritik)

Bernd: »Nun hör aber mal auf. Du verdrehst immer alles. Das lasse ich mir nicht länger gefallen. Das ist doch wirklich typisch, ewig deine faulen Ausreden.«

(Kritik, Angriff)

Uschi: »Was heißt hier ewig meine faulen Ausreden. Gestern hast doch wohl du vergessen, zur Bank zu gehen. Welche Ausrede hast du denn gebraucht?«

(Kritik, Angriff)

Bernd: »Das war doch was völlig anderes. Was kann ich dafür, wenn ich Überstunden machen muss. Sind ja schließlich unsere Brötchen, die ich verdiene.«

(Rechtfertigung, implizite Kritik)

Uschi: »So, ich sitze wohl nur zu Hause herum und drehe Däumchen?«

(Beleidigte Reaktion)

Bernd: »Das wäre ja prima, dann würdest du wenigstens etwas tun!«

(Angriff, Beleidigung)

Ist es Ihnen aufgefallen? Uschi und Bernd haben keine inhaltliche Auseinandersetzung geführt. Es gab nur Kritik, Schuldzuweisungen, Gegenkritik, Rechtfertigungen und Beleidigungen.

Warum zoffen wir uns nur noch? Über die Ursachen

Mit ihren Schlussfolgerungen lag Tina völlig richtig. Paare, die nicht oder nicht mehr in der Lage sind, ihre Konflikte konstruktiv auszutragen und zu lösen, befinden sich in einem schier unauflösbaren Kreislauf. Nur wenn es ihnen gelingt, die Streitmechanismen aufzubrechen, hat ihre Beziehung eine Chance.

Es gibt viele Ursachen für dieses Verhalten, die oft zusammenwirken. Im folgenden sollen einige Hintergründe aufgezeigt werden, die gleichzeitig Ansatzpunkte für Auswege sein können. Nehmen wir das Beispiel von Tina und Christian. Wie bei allen Paaren war es auch bei ihnen am Anfang in der Hoch-Zeit des Verliebtseins viel einfacher, Konflikte beizulegen. Zum einen treten in dieser Phase der Beziehung viel seltener unterschiedliche Meinungen und Streit auf. Die Partner konzentrieren sich auf die Gemeinsamkeiten. Schließlich wollen sie eine Gemeinschaft aufbauen. Gleichzeitig gehen Frau und Mann viel stärker aufeinander zu und aufeinander ein. Sie geben bereits in den Anfängen eines

Konfliktes schneller nach. Die positiven Gefühle überwiegen und sollen erhalten bleiben. Dadurch entstehen gleich zu Beginn einer Partnerschaft Verhaltensstrukturen und Rollenbilder. (Bei der Herausbildung solcher Muster spielen sowohl die verschiedenen Persönlichkeiten eine Rolle und deren Zusammenspiel als auch bisherige Erfahrungen in anderen Beziehungen und im Elternhaus.) Christian etwa wurde zum Macher, der seine kapriziöse Frau beschützt und ihr Leben um eine zusätzliche, sportlich geprägte Seite bereicherte. Tina akzeptierte und liebte dies und ließ dafür in Konflikten mal fünfe gerade sein.

Doch Beziehungen und Menschen verändern sich. Oft geschieht dies unbewusst, schleichend. Keiner der Partner erkennt die Veränderungen sofort. Er spürt nur eine leise Unzufriedenheit, die sich gerade bei Meinungsverschiedenheiten äußert. Das eingefahrene System der Konfliktlösung funktioniert nicht mehr und keiner weiß so recht warum. Tina wurde die Dominanz ihres Mannes in der Freizeit zu viel. Sie fühlte sich nicht mehr angenommen, ihre Bedürfnisse nicht mehr respektiert. Doch sie konnte Christian diese Unzufriedenheit, diese Veränderung nicht klar und unmissverständlich mitteilen – vielleicht weil sie selbst nicht merkte, was mit ihr geschah, weil sie ihre Wünsche und Bedürfnisse nur diffus wahrnahm, vielleicht aber auch, weil sie nicht in der Lage war, klar zu kommunizieren. Egal, warum es Tina nicht gelang: In ihrer Beziehung stellte sich **Sprachlosigkeit** ein. Christian wiederum fühlte die Veränderung, konnte sie aber nicht verstehen. Er fühlte sich in seiner vermeintlich sicheren Position bedroht und unter Druck gesetzt, ohne genau zu wissen, warum und wohin die Reise gehen sollte. Und auch er war nicht in der Lage, seine Verunsicherung und sein Unbehagen deutlich zu machen, reagierte zunehmend gereizt. Das ist genau die Situation, in der ein Teufelskreis entsteht. Tina fühlte sich durch das Verhalten ihres Mannes missverstanden, nicht mehr geliebt und akzeptiert und reagierte immer häufiger mit spitzen, herabwürdigenden Bemerkungen. Die Eskalation begann. Beide drückten ihren Ärger, ihre Wut, Enttäuschung, Hilflosigkeit und Angst nicht direkt aus, sondern als Kritik am anderen. Auf einmal standen die Unterschiede zwischen beiden im Vordergrund und nicht mehr die Gemeinsamkeiten. Sie beschuldigten und kritisierten sich, drohten, machten sich gegenseitig Vorwürfe und rechtfertigten sich – und alles nur, um ihre Sprachlosigkeit zu verdecken und den anderen endlich aus der Reserve zu locken, ihn dazu zu bringen, nachzugeben. Dabei hörte keiner dem anderen mehr zu, jeder wollte nur noch seinen Kopf, seine Interessen durchsetzen. Sachliche Auseinandersetzungen waren nicht mehr möglich, jede, auch die kleinste Meinungsverschiedenheit wurde sofort auf die persönliche Ebene übertragen, artete in wüste Beschimpfungen und Beleidigungen aus. Kommt Ihnen die Situation bekannt vor?

Fehlende, unzulängliche oder falsche Kommunikation ist eine der Hauptursachen für ständigen Streit und die dadurch entstehende Krise. Es gibt viele Möglichkeiten, die richtigen Dialogtechniken und eine positive Streitkultur zu entwickeln. Doch all diese Tipps helfen nur dann, wenn jeder der Partner erkennt und weiß, wie seine eigenen Bedürfnisse und Wünsche aussehen. Kurz: Der erste Schritt zu erfolgreichem Streiten besteht darin, sich selbst zu erkennen und damit auch die Unterschiede zwischen sich und dem anderen. Denn nur wer weiß, wer er ist und was er will, und das auch klar mitteilt, ist für den Partner berechen- und einschätzbar. Nur dann ist konstruktives Streiten möglich.

Neun Kardinalfehler beim Streiten

Konflikte sind normal, sie partnerschaftlich zu lösen tut einer Beziehung ausnehmend gut. Nichts aber schadet ihr so sehr, wie falsch zu streiten. Beide Partner sind frustriert, stehen vor einem Berg von Problemen, wissen sich nicht mehr zu helfen und werfen früher oder später das Handtuch.
Es gibt einige ganz typische Streitfehler, die Sie unbedingt vermeiden sollten. Wer sie begeht, muss sich nicht wundern, wenn der andere aggressiv wird, zurückschlägt oder sich beleidigt zurückzieht:

1. Greifen Sie nicht das Wesen und den Charakter Ihres Partners an. (»Bei deiner Faulheit ist es ja kein Wunder, dass es hier so ausschaut.«)
2. Achten Sie darauf, nicht unter die Gürtellinie zu treffen. (»Wie kannst du nur mit deiner Figur so enge Jeans tragen?!«) In einer Beziehung kennen Frau und Mann genau die Schwächen und die besonders verletzlichen Punkte des anderen. Sie sind im Streit tabu!
3. Vermeiden Sie unverblümte, verletzende Kritik. (»Mit deiner unhöflichen, kalten Art hast du unsere Gäste vertrieben.«)
4. Bitte keine persönlichen Beleidigungen. (»Mit dir kann man einfach nirgends hingehen. Du bist so ungebildet, du blamierst mich immer.«)
5. Lassen Sie Schuldzuweisungen bleiben. (»Wenn du nicht schwanger geworden wärst, hätte ich mein Studium abschließen können.«)
6. Ziehen Sie Freunde und Bekannte nicht mit in eine Auseinandersetzung hinein, um einer direkten Konfrontation aus dem Weg zu gehen. Meistens verhärten sich dadurch die Fronten.

7. Keine Machtspiele! (»Du kannst ja gehen, wenn es dir nicht passt.«) Fast alle Machtkämpfe haben einen Entweder-oder-Charakter, der Wut und Hilflosigkeit auslöst, aber keine Kompromissbereitschaft.
8. Entziehen Sie sich dem Konflikt nicht. Wer schon beim geringsten emotionalen Vorwurf oder dem ersten etwas lauteren Wort des Partners vom Thema ablenkt oder den Raum verlässt, gibt der heilsamen Wirkung konstruktiven Streitens keine Chance. Das Problem bleibt. Es wird nur verdrängt.
9. Keine Generalisierungen! (»Nie kommst du ...!«, »Immer hast du ...«). Bleiben Sie stets bei dem Konfliktpunkt, um den es bei der aktuellen Auseinandersetzung, geht. Verallgemeinerungen sind in der Regel unzutreffend – und immer verletzend.

So streiten Sie richtig

Es mag als Widerspruch erscheinen, aber echte Intimität, das Gefühl von Vertrauen, Geborgenheit, kurz das Sich-aufgehoben-Fühlen ist nur bei den Paaren möglich, die sich konstruktiv streiten können. Aber wie funktioniert das? Wie kann ich mich für meine Bedürfnisse und Belange einsetzen, ohne den anderen ständig unter Druck zu setzen? Wie spreche ich heikle Themen an, ohne den anderen zu verletzen und zu kritisieren? Wann soll ich nachgeben, wann hartnäckig bleiben? Ein Patentrezept in Form einer Checkliste gibt es dafür sicherlich nicht; einige Grundregeln dagegen schon.

- Grundsätzlich sollten bei Konflikten beide Partner zu Wort kommen. Wer nur Monologe hält, setzt sich nicht mit dem anderen auseinander.

- Vermeiden Sie höhnische und sarkastische Bemerkungen, sonst kann sich Ihr Partner nicht öffnen, kann nicht vorbehaltlos seine Gefühle, Ängste und Erwartungen äußern.

- Hören Sie gut zu. Besonders langjährige Partner nehmen oft gar nicht mehr wahr, was der andere sagt, weil sie glauben, dessen Ansichten, Gefühle und Argumente ohnehin zu kennen. Fragen Sie sich: Was will er mir sagen? Was macht ihn wütend? Was hat ihn wirklich gekränkt?

- Beginnen Sie Ihre Sätze mit ich, nicht mit du. Es ist viel besser, wenn Sie sagen »Ich hätte mir gewünscht, dass du mir gestern nach dem Fest beim Aufräumen hilfst«, anstatt vorwurfsvoll zu äußern: »Du hast mir wieder nicht beim Aufräumen geholfen.« Wünsche statt Vorwürfe heißt die Devise.

- Lassen Sie sich gegenseitig ausreden und halten Sie sich mit Kommentaren zurück.

- Fragen Sie bei Kritik nach. Versuchen Sie, den anderen zu verstehen, statt sich vorschnell zu verteidigen. Das ist schwer, denn wer sich angegriffen fühlt, will als erste Reaktion immer sofort zurückschlagen. Ein simpler Trick aus Rhetorikseminaren heißt: Wiederholen Sie den Kern der Vorwürfe mit ihren eigenen Worten und fragen Sie nach, ob Sie ihn richtig verstanden haben. Sie werden sich wundern, wie oft Sie ihn missverstehen oder falsch interpretieren.

- Geben Sie Ihrem Partner Recht, wenn Sie bei einem Punkt seiner Meinung sind. Sie verlieren dadurch nichts, machen es dem anderen später aber leichter, Ihre Argumente anzuhören. Wer sich verstanden fühlt, ist offener und gesprächsbereiter.

- Nur wenige Menschen können hellsehen. Überlegen Sie sich gut, worum es Ihnen geht, und versuchen Sie, dies so klar und präzise wie möglich auszudrücken. Vergessen Sie Sätze wie: »Er kennt mich doch gut genug, er müsste wissen, was ich in dieser oder jener Situation empfinde.« Wer weiß, was er selbst will, zettelt auch keine Auseinandersetzungen über Nebensächlichkeiten an, nur weil er den wahren Grund seiner Frustration oder Aggressionen nicht kennt.

- Fragen Sie nach Ideallösungen. (»Wie hättest du es denn gerne?«) und beschreiben Sie gleichzeitig, was Sie sich wünschen. Das erleichtert das Ringen um eine Lösung.

- Wenn Sie einen Kompromiss gefunden haben, treffen Sie so konkrete Vereinbarungen wie möglich. Etwa: »Du hörst auf, ständig meine Schwester dumm anzureden. Und ich halte dir dafür keine Gardinenpredigen über gutes Verhalten.«

- Jede verbindliche Verabredung macht nur Sinn, wenn sie auch eingehalten wird. Also sollten Sie sich nach einigen Wochen noch mal darüber unterhalten und sehen, was sich geändert hat und was nicht. Suchen Sie bei Bedarf einen neuen Kompromiss.

Sie werden selbst sehen: Wer einmal erfolgreich gestritten hat, wird es auch beim nächsten Mal versuchen. Denn nichts ist schlimmer, als seine Energie, Gefühle und Nerven ohne Ergebnis zu vergeuden.

Und noch ein Tipp: Wenn Sie mehrmals erfolglos versucht haben, konstruktiv zu streiten, holen Sie sich Hilfe. Lassen Sie sich von einem Mediatoren oder Therapeuten bei der Lösung eines Konfliktes, sozusagen exemplarisch, helfen. Die Investition lohnt sich allemal.

Wenn der Streit eskaliert: Gewalt in der Beziehung

Bettina fühlt sich schon seit längerem nicht mehr zufrieden in ihrer Ehe. Hauptgrund: Obwohl sie nach der Kinderpause wieder in ihren Job als Sekretärin zurückgekehrt ist, kommt von Ralf, ihrem Mann, keine Hilfe. Die Schulprobleme der Kinder, die Hausarbeit, der Garten, alles bleibt an ihr hängen. Alle Versuche der 38-jährigen, ihren Mann dazu zu bringen, mit anzupacken, blieben erfolglos. An einem Donnerstagabend dann eskaliert die Situation: Bettina steht nach einem ziemlich hektischen Tag noch um 21 Uhr in der Küche und wäscht ab. In ihr brodelt es. Als Ralf ganz ruhig in den Raum kommt, platzt seiner Frau der Kragen, sie beginnt ihn zu beschimpfen: »Ich arbeite mir einen ab und weiß nicht mehr, wo mir der Kopf steht. Aber du liegst abends nur faul auf der Haut und machst es dir auf meine Kosten bequem.« Ralf, völlig überrascht, reagiert zunächst überhaupt nicht auf Bettinas Wutausbruch. Er fühlt sich ungerecht beurteilt, und je länger seine Frau schreit, um so aggressiver wird er innerlich. Er hofft, wenn er schweigt, wird sich Bettina wieder beruhigen. Doch das Gegenteil ist der Fall. Weil ihr Mann nicht reagiert, wird sie immer wütender, schreit immer lauter. Sie will endlich eine Antwort. Ralf aber, der selbst immer ärgerlicher wird, möchte eine Eskalation unbedingt vermeiden. Er dreht sich um und verlässt die Küche. Nun verliert Bettina den Kopf. Sie fühlt sich wieder einmal allein gelassen, rennt hinter ihm her und überschüttet ihn weiter mit Beschimpfungen, um endlich eine Resonanz zu erhalten. Ralf, der nie gelernt hat, sich verbal abzugrenzen, kann sich nicht mehr helfen und schlägt zu.

Wege aus der Gewaltspirale

Interview

mit Ariane von Thüngen, Diplompsychologin und Paartherapeutin bei Pro Familia.

Was für Gefühle bewegen Bettina und Ralf nach dieser Eskalation?

v. Thüngen: Sie sind beide voller negativer Gefühle bezüglich des anderen, aber auch voller Scham über das eigene Scheitern. Sie gehen eine Zeitlang auf Distanz, damit es nicht wieder passiert. Aber beim nächsten Streit kann der Kreislauf von vorne beginnen.

Kommt es häufig vor, dass ein heftiger Streit zu körperlicher Eskalation führt?

v. Thüngen: In der Bundesrepublik kommt es ungefähr bei drei bis vier Prozent der Paare zu physisch aggressivem Verhalten. Amerikanischen Studien zufolge ist der Anteil der Gewalt dort sogar noch weit höher. Forschungsergebnisse zeigen auch, dass die Tendenz zu körperlicher Gewalt fast immer seit Beginn der Beziehung besteht und nicht etwa irgendwann auftritt.

Wie oft schlagen Frauen zuerst zu?

v. Thüngen: Frauen beginnen sehr viel seltener als Männer mit physischer Aggression. Ich würde aus meiner Beratungspraxis sagen, das Verhältnis beträgt 1:9. Allerdings gehen einer Eskalation fast immer verbale, entwertende Provokationen von beiden Seiten voraus.

Warum kann sich das Paar nicht beherrschen?

v. Thüngen: Es handelt sich fast immer um Paare, die es nie gelernt haben, sowohl lang andauernde als auch akute Konflikte verbal zu verhandeln. In den meisten Fällen geht der physischen Aggression eine Meinungsverschiedenheit voraus, die nicht auf einer sachlichen Verhandlungsebene gelöst wurde, sondern in pauschalisierenden Beschuldigungen und verletzenden Entwertungen auf beiden Seiten eskalierte. Die Hoffnungslosigkeit angesichts dieser Masse an ungelösten Konflikten und misslungener Dialoge macht Frau und Mann dünnhäutig. Durch die Verzweiflung darüber, dass der Partner nie die eigene Not sieht und anerkennt, werden sie unbeherrscht.

Wie gehen Sie in der Beratung bei solchen Paaren vor?

v. Thüngen: Zunächst analysiere ich mit dem Paar die letzte Konfliktsituation. Dabei lenke ich die Aufmerksamkeit auf den Beginn des Streits, als noch die Möglichkeit, aber auch die Notwendigkeit bestanden hätte, einen Dialog über die verschiedenen Meinungen und Gefühle der Partner zu führen. Dabei übe ich gleich im ersten Beratungsgespräch einige Grundregeln der Gesprächsführung (z. B. Wiederholen der Meinung des anderen, Ich-Botschaften, Weglassen von Verallgemeinerungen, Äußern von Wünschen statt Vorwürfen, Trennung von Beziehungs- und Inhaltsebene etc.). Ich fordere das Paar auf, diese Regeln zu Hause bei einem Streit anzuwenden und eine Konfliktsituation sofort abzubrechen, sobald das nicht gelingt und eine Eskalation beginnt. In der nächsten Beratungsstunde versucht das Paar mit meiner Hilfe diesen unerledigten Konflikt zu lösen. Ich greife dabei – in Absprache – sehr direktiv ein, wenn die vereinbarten Kommunikationsregeln nicht eingehalten werden. Viele Paare machen bei dieser anstrengenden Methode zum ersten Mal die Erfahrung, vom Partner gehört zu werden und gemeinsam einen Kompromiss zu finden. Das motiviert viele so stark, dass sie mit der Zeit auch daheim die Gesprächsregeln anwenden können. Das ist der erste Notverband. Es gibt allerdings auch gewalttätige Partner, die nicht die Verantwortung für ihr Handeln übernehmen und nicht einsehen, dass sie etwas tun müssen, um ihre Kommunikation zu verändern. In diesem Fall kann ich therapeutisch nicht helfen, sondern der Partnerin nur raten, sich durch Trennung zu schützen.

Was ist nun bei Paaren, die sich ändern wollen, langfristig zu tun?

v. Thüngen: Neben diesem Einüben von verbalem Verhandeln ist natürlich langfristig ein Aufarbeiten der wichtigsten ungelösten Dauerkonflikte notwendig. Außerdem ist gerade für diese Paare parallel dazu das gemeinsame Gestalten positiver, die Bindung fördernder Aktivitäten wichtig. Dieser Bereich ist wegen der vielen negativen Gefühle oft jahrelang vernachlässigt worden. Es kann auch hilfreich sein, zu erkennen, ob alte, in der Kindheit erlebte Konfliktlösungsmuster die gegenwärtige Dialogfähigkeit beeinflussen und inwieweit zurückliegende Gewalterfahrungen den aktuell erlebten Partnerkonflikt mit der Heftigkeit alter Gefühle aufladen. Wir wurde in der Kindheit mit Wünschen und Verletzlichkeiten umgegangen? Die Sensibilisierung für die eigene Verletzlichkeit und die des Partners ist der wichtigste und schwierigste Teil der Arbeit. Denn wir alle erleben uns lieber stark in unseren Aggressionen als schwach in unserer Verletzung.

4. DRAMENBEZIEHUNG

»Bei uns fliegen die Fetzen«

Ihre Auftritte waren wahrlich filmreif: Elizabeth Taylor und Richard Burton, ein Dramenpaar par excellence. Es gab Zeiten, da haben die Diva und ihr zweimaliger Ehemann Richard Burton ständig für Schlagzeilen gesorgt, nicht nur mit ihren Filmen, sondern mindestens ebenso mit ihrem Privatleben. Nach dem Motto »Sie schlagen und sie vertragen sich« sind die beiden in öffentlichen Schlammschlachten aufeinander losgegangen, haben sich geprügelt, beschimpft, bespuckt und sich Whisky ins Gesicht geschüttet. Danach gab es dann die heißen Versöhnungen. Mit strahlendem Lächeln, händchenhaltend und mit glühenden Blicken präsentierte sich das Paar Kameras und Fotografen. Richard Burton soll in einem Interview auf die Frage, ob er seine Ehe mit Liz als harmonisch bezeichnen würde, geantwortet haben: »Ich will mich doch mit ihr nicht langweilen.«

Zweifellos, Katastrophenpaare wie die beiden Schauspieler lieben die emotionale Berg- und Talfahrt. Ihnen geht es um die großen Gefühle, um heiße Leidenschaft, um Temperament und unwiderstehliche Sehnsucht. Das alles lässt kein gemäßigtes Klima zu. Lieber glühendheiß oder eiskalt, aber bitte keine laue Liebe. Das ist öd. Langweilig wird es solchen Paaren nie. Ihr Leben ist atemlos, aufregend und immer wieder neu. Zumindest suchen sie das oder geben es vor. Nach dem letzten Exzess kommen zwar erst einmal die Ernüchterung und die guten Vorsätze. Hat sich das Gemüt aber beruhigt, ist der eine oder andere blaue Fleck verblasst, das zerschlagene Porzellan ersetzt und das kaputte Auto repariert, regen sich schon wieder die Schmetterlinge im Bauch. Fast hätten wir uns verloren. Und schon wächst die Vorfreude auf den anderen. Es kribbelt in den Fingern und sonst wo, und bald sind beide reif für den nächsten Zusammenstoß. Doch zuerst kommt noch die Versöhnung – romantisch, voll Passion, die ganz, ganz große Liebe eben. Sie können einfach nicht voneinander lassen. Und die nächste Runde beginnt.

Aufregend ist das Leben in Dramenbeziehungen. Das stimmt. Doch tut es dem Paar auch gut? Eher nicht. Denn jede Randale zeigt nicht nur die Stärke ihrer Gefühle, sondern auch ihre Unfähigkeit, vernünftig miteinander umzugehen und miteinander zu leben. Beide suchen verzweifelt die Nähe des anderen, können sie dann aber nicht ertragen. Und je mehr Angst sie vor dieser Nähe haben, um so dramatischer ist der Krach, der – unbewusst – Distanz schaffen soll. Zurück bleiben eben nicht nur blaue Flecke und Reparaturrechnungen, sondern verletzte Seelen. Zu den vielen bereits bestehenden Narben kommen neue hinzu.

Dunja und Peter

Die Liebesgeschichte von Dunja und Peter begann mit Heimlichkeiten. Niemand durfte von ihrer Beziehung wissen, weil der Ex-Partner von Dunja der beste Freund Peters war. Noch heute, fünf Jahre danach, erinnern sich beide mit einem wohligen Schauer an die erste Zeit mit ihren Rendezvous an verschwiegenen Orten. Die Liebe und die Liebesnächte waren doppelt so schön, weil sie irgendwie das Gefühl hatten, etwas Verbotenes zu tun. Das steigerte das Kribbeln im Bauch, erhöhte die Spannung noch mal und machte alles einmalig, aufregend, doppelt intensiv. Das war die Liebe, wie sie sie sich beide immer vorgestellt hatten, einfach außerordentlich, nicht lauwarm, sondern brühend heiß. Doch irgendwann sah sie zufällig ein Bekannter engumschlungen durch eine italienische Stadt schlendern, und bald wussten es alle. Die anfängliche Aufregung der Freunde legte sich mit der Zeit, Dunja und Peter wurden zu einem ganz normalen Paar. Doch das war nichts für die beiden. Sie hatten sich es so schön in ihrer glutvollen Liebe eingerichtet, dass sie einfach nicht längere Zeit in den Niederungen des Alltags leben wollten und konnten. Mit sicherem Instinkt fanden sie, was sie aus der Normalität brachte: Kräche, wie sie die wenigsten Menschen aushalten würden. Heute fliegen wegen Nichtigkeiten Schachbretter aus dem Fenster, die Marmeladendose über den Frühstückstisch und die Kaffeekanne gleich hinterher.

Seit vier Jahren leben die beiden Banker zusammen. In dieser Zeit hat Dunja mindestens zehnmal ihre Koffer gepackt und ist zu ihrer Mutter gezogen. Jeder Anlass ist den beiden Recht, um sich zu zoffen, bis es nicht mehr geht. Neulich ging es um die – lächerliche – Frage, ob Bridge ein anspruchsvolleres Spiel sei als Schach. Und was als Unterhaltung begann, artete innerhalb einer Stunde aus. Sie standen sich wie wütende Kampfhähne gegenüber, brüllten sich die unflätigsten Dinge ins Gesicht. »Du bist ja hysterisch. Such dir einen guten Psychiater«, schrie Peter und schüttete ihr den Rest aus seinem Glas Wein ins Gesicht. Dunjas Antwort ließ nicht lange auf sich warten: »Du reißt ja nur deshalb den Mund so auf, weil du es im Bett nicht bringst«, kreischte sie und warf ihr Glas ins Bücherregal. Dann stand sie auf, nahm den Autoschlüssel aus der Handtasche, setzte sich in ihren Golf und fuhr mit voller Wucht gegen Peters nagelneues BMW-Cabrio. Eine Stunde später saß sie wieder einmal wie ein Häufchen Elend, zitternd und weinend bei ihrer Mutter am Küchentisch und versprach ihr und vor allem sich selbst: nie mehr wieder. Nicht, dass ihre Mutter noch viel auf solche Versprechungen hält. Denn das hatte ihre mittlerweile fast 40-jährige Tochter auch vor einem Jahr angekündigt, als sie nach einer bitterbösen Essensschlacht am Buffet ihres Urlaubshotels in Djerba einfach den nächsten Flug nach Hause genommen hatte. Kopfschüttelnd steht Dunjas Mutter da und weiß, was in einigen Tagen passiert. Dann nämlich, wenn beide nicht mehr heiser und wieder ernüchtert sind, ruft entweder Peter an, entschuldigt sich ganz lieb und steht eine Stunde später mit einem Riesenblumenstrauß vor der Tür. Oder Dunja hält es nicht mehr aus, schickt ihm eine zerknirschte Nachricht auf sein Handy, und am Abend treffen sie sich zum Essen. Dann sitzen sich beide – zunächst noch etwas betreten – am Tisch gegenüber. Peter schaut seine Dunja lieb an, legt seine Hand auf ihre und sagt reumütig lächelnd: »Warum müssen wir uns nur immer so aufführen? Ich glaube, wir lieben uns einfach zu sehr.« Genau darauf hat ihre wunde Seele gewartet und schon wird es nichts mehr mit dem Gespräch über die Ursachen ihres verrückten Verhaltens. Jetzt ist erst mal Versöhnung angesagt. Sie schweben auf Wolke sieben und wollen von unbequemer Ursachenforschung nichts mehr wissen. Die ganz große Liebe verträgt eben kein Mittelmaß, denkt Dunja. Und was sind schon die Reparaturkosten für die beiden Autos. Sie haben sich wieder. Das ist das Wichtigste. Was, wir können nicht miteinander reden und leben? Wir können uns nicht vernünftig auseinandersetzen? Alles Blödsinn. Wir lieben uns! So ist das eben bei uns.

Was steckt hinter den großen Gefühlen?

Emotionale Extremisten gibt es mehr, als man allgemein annimmt. Schließlich tragen die wenigsten ihre Superkräche in der Öffentlichkeit aus, darüber hinaus geht es auch nicht bei allen Chaospaaren immer so wahnwitzig zu wie bei den beschriebenen Beispielen. Aber es gibt viele davon. Was hinter den dramatischen Ausbrüchen steckt, ist die pure Angst.

Doch beginnen wir beim Anfang: In Dramenbeziehungen haben beide Partner eine ähnliche Persönlichkeitsstruktur. Hier gilt nicht das Schlüssel- und Schlossprinzip, sondern vielmehr das Motto: Gleich und gleich gesellt sich gern. Beide, Mann und Frau, sind ausgesprochen eigenständige, autonome Menschen und haben gleichzeitig eine tiefsitzende, panische Angst davor, beherrscht zu werden oder der Unterlegene zu sein. Ja, schon das Gefühl, dass die Liebe zum anderen sie abhängig macht, finden sie unerträglich. Jeder in dieser Partnerschaft will gewinnen und kann nur schwer nachgeben. Der eine will vom anderen wissen, wie sehr er ihn oder sie liebt und wie weit er gehen kann. Da wird die Grenze immer weiter ausgelotet und getestet. Deshalb arten alle Konflikte in Machtkämpfe aus. Sie wollen einander zeigen: »Du kriegst mich nicht klein!« Und um ganz sicher vor der Niederlage zu sein, will einer den anderen abhängig machen und beherrschen. Und dazu ist ihnen jedes Mittel recht – nur bitte keine vernünftige Diskussion, in deren Verlauf Argumente ausgetauscht und Kompromisse erarbeitet werden. Und jeder Anlass ist ihnen recht: die offene Zahnpastatube, der volle Aschenbecher, der nicht weggeräumt wurde, die schmutzigen Socken, die im Weg liegen, oder ein verpatzter Schlag beim Tennis. Es braucht nicht viel, und schon ist der schlimmste Krach da. Sie brauchen es einfach, um ihre Angst vor zu viel Nähe zu verjagen, um das Zittern vor dem Verlassenwerden zu kaschieren und damit ja keiner von beiden zugeben muss, wie sehr er den anderen braucht. Wird es dramatisch, denkt weder er noch sie mehr an logische Argumente. Es regiert der

Bauch. Die heiße Wut, die Aggression, das Schreien und Kreischen sollen die Abhängigkeit vertreiben. Jeder will dem anderen seine Stärke demonstrieren, damit er ja nicht die Schwäche sieht, die dahinter steckt. Das Schlimme an solchen exzessiven Krächen ist, dass sie nichts anderes sind als ein Ventil für Ängste, die sich keiner von beiden eingestehen will, ja die sie oft selbst gar nicht kennen. Weder Dunja noch Peter verstehen, worum es eigentlich wirklich geht, wenn sie mitten im Traumurlaub einen Streit vom Zaun bricht und einfach verschwindet. Beide lassen es zu, dass ihre Gefühle mit ihnen spielen, ohne darüber nachzudenken, warum immer der oder die Liebste – fast wie aus heiterem Himmel – zur Zielscheibe von unkontrollierter Wut wird. So schlagen diese Paare verbal oder tatsächlich aufeinander ein, anstatt zu reden. Schreien ersetzt das Nachdenken und kaputte Gläser den ernsthaften Austausch von Gefühlen und Argumenten.

Doch woher kommt diese extreme Angst vor Nähe und Verlassensein? Gründe gibt es sicher unzählige, warum diese Menschen genau das tun, was ihnen schadet. Vielleicht haben sie als Kinder gelernt, dass sie Aufmerksamkeit, Zuwendung und Liebe nur dann erhalten, wenn sie aus der Reihe tanzen. Erst als der Sohn in schlechte Gesellschaft geriet und im Kaufhaus Schallplatten klaute, kümmerte sich der Vater mehr um ihn, ging mit ihm mal ins Fußballstadion oder aufs Volksfest. Und das Mädchen stand auf einmal im Mittelpunkt, als sie von der Schule flog. Auffallen ist wichtig, haben sie gelernt, egal wie. Erst dann erhalte ich die Zuneigung, die ich will. Und dieses Muster wendet jeder der beiden später in seiner Beziehung an. Wie gesagt, die Ursachen für dieses Verhalten können individuell sehr verschieden sein. Wichtig ist nur, ob Chaospaare irgendwann beginnen, danach zu suchen, oder ob sie es sein lassen und mit ihrem Verhalten mehr schlecht als recht leben.

Drama besonderer Art: der Seitensprung

Ein Seitensprung ist durchaus nicht immer ein Zeichen dafür, dass die Liebe zum Partner abgeflaut ist. Er kann sogar das Gegenteil bedeuten. Detlev etwa ist in seinem ganzen großen Freundeskreis dafür bekannt, dass er sich gern mal mit einer attraktiven Frau einlässt. Alle bedauern im Geheimen Bettina, seine langjährige Lebensgefährtin. Warum lässt die den Kerl nicht sausen?, hört man immer wieder bei gemeinsamen Unternehmungen. Der kann doch nicht treu sein. Und lieben tut er sie bestimmt auch nicht. Zumindest mit ersterem haben die Freunde Recht: Detlev kann nicht treu sein; aber nicht, weil er Bettina nicht liebt, sondern weil er immer wieder Angst vor seinen Gefühlen für sie bekommt. Immer dann, wenn ihm die Nähe, die Vertrautheit zu groß wird, wenn er spürt, wie sehr er seine Freundin braucht, macht er bei nächster Gelegenheit einen Seitensprung. Die Methode ist ein oft angewendetes Mittel, um sich quasi gewaltsam vom anderen zu lösen. Beim ersten Mal reagierte Bettina einfach nur mit Unverständnis: Gerade in einer besonders schönen Phase ihrer Beziehung suchte sich Detlev eine andere, ging mit ihr ins Bett und richtete es so ein, dass seine Lebensgefährtin davon erfuhr. Denn das gehört zu diesem grausamen Spiel. Sie muss es wissen, damit auch sie Abstand nimmt. Das tat Bettina. Sie konnte es einfach nicht verstehen. Und weil sie so brutal aus ihrem Liebeshimmel auf die Erde geholt wurde, reagierte sie drastisch. In einer schrecklichen, wütenden Nachtaktion zerschnitt sie seine besten Hemden, beschmierte seinen Lieblingsanzug mit Zahnpasta und zerriss alle Fotos, auf denen beide als Paar zu sehen waren. Als Detlev nach Hause kam, spuckte ihm Bettina ins Gesicht und trommelte mit den Fäusten wild auf ihn ein. Detlev hatte genau erreicht, was er – unbewusst – gewollt hatte: Distanz. Nachdem sich die Rauchwolken verzogen hatten, begann eine neue Annäherung. Es war wie beim ersten Mal, romantisch, liebevoll, spannend, voll Hingabe und gipfelte darin, dass er ihr seine Liebe schwor. Und gleichzeitig erlebte er dieses unglaubliche Gefühl: »Ich kann mit ihr machen, was ich will, sie kommt nicht von mir los.« Aber auch Bettina bekam, was sie eigentlich wollte – einen ultimativen Liebesbeweis. Er geht zwar fremd, aber er kommt zu mir zurück, obwohl ich seine besten Hemden und seinen Lieblingsanzug ruiniert habe. Er liebt nur mich, kann nicht von mir lassen. Leider bleibt es in den meisten Fällen nicht bei einem Mal. Das Spiel beginnt immer wieder in unregelmäßigen Abständen von vorne und endet jedesmal mit einer glorreichen Versöhnung, aus der beide quasi als Sieger hervorgehen. Doch die Schmerzen, die sie sich in den Chaosphasen zufügen, können die heißen Versöhnungsnächte nur zukleistern. Tief in sich wissen beide, dass sie sich unvernünftig benehmen und sich gegenseitig nur verletzen. Aber sie können nicht anders, wissen nicht, wie sie aus diesem Muster ausbrechen sollen.

Gibt es überhaupt einen Ausweg?

Ruhig und harmonisch wird so eine Dramenbeziehung wahrscheinlich nie. Gleichklang, vernünftige Auseinandersetzungen bleiben meist Fremdwörter für die Gefühls-Extremisten. Denn Katastrophenpaare lernen es nur schwer, sich ihren Ängsten zu stellen und mit ihnen umzugehen. Dann lieber zwei Trennungen pro Jahr oder vier Scheidungen und vier Hochzeiten in sieben Jahren. Solche Paare können nicht mit-, aber auch nicht ohne einander. Um ehrlich zu sein, ist der Weg aus dramatischen Partnerschaften ziemlich schwierig. Das hängt zum einen damit zusammen, dass sich viele Paare darin einrichten. Das heißt, sie erleiden die Krisen und genießen die herrlichen Versöhnungen. An Änderungen denken sie nicht. Die Leidenschaft für ihre großen Gefühle verstellt ihnen den Blick, und ihr Glaube, nur der, der wirklich liebe, sei zu derart exzessiven Melodramen fähig, verhindert Klarheit. Sie kokettieren damit, dass sie den anderen zu den unmöglichsten Handlungen verleiten können, ohne ihn zu verlieren. Und weil dieses Gefühl von Leidenschaft und das Bewusstsein, etwas Besonderes zu sein, so auf- und anregend ist, nehmen sie die vielen Verletzungen in Kauf. Sie bezahlen die schönen Zeiten mit Leid. Das ist schade, denn mittlerweile gibt es Studien, die belegen, dass unharmonische Partnerschaften das Immunsystem schwächen. Wer keine echte Erfüllung in seiner Liebesbeziehung findet, und das tun diese Paare sicher nicht, kann auf Dauer krank werden.

Diejenigen, die dem Liebeschaos entkommen wollen, brauchen in den meisten Fällen professionelle Hilfe. Doch auch die führt längst nicht immer zum Erfolg. Bei Paartherapien kommt es häufig vor, dass die Themen, die dort besprochen werden, zu neuen Krächen führen. Einzeltherapie (sei es Gesprächs-, Atemtherapie oder andere Formen) kann hilfreich sein. Sie macht jedoch nur Sinn, wenn auch der jeweils andere Partner damit einverstanden ist und darüber hinaus für sich selbst Hilfe sucht. Freilich, wie dann das Ergebnis aussieht, steht in den Sternen. Es kann möglicherweise passieren, dass sich die beiden Partner hinterher nichts mehr zu sagen haben oder dass die ganze erotische Spannung aus der Beziehung raus ist, die Partnerschaft ihren Sinn verloren hat.

Bleibt noch der Notverband für die Liebespaare, die zwar die Dramen satt haben, aber eben keine Therapie machen wollen. Das heißt: Verordnen Sie sich vernünftige Regeln! Versuchen Sie sich – am besten mit einem Freund, dem Sie beide vertrauen – zusammenzusetzen und einige Punkte auszuarbeiten, an die Sie sich halten wollen, bevor der große Krach ausbricht. Diese Regeln müssen ganz individuell auf Ihre Persönlichkeiten abgestimmt werden. Frau und Mann müssen sie gemeinsam entwickeln. Sie können folgendermaßen aussehen:

- Gehen Sie aus dem Zimmer, wenn Sie merken, dass die Stimmung explosiv wird.
- Zählen Sie langsam bis zwanzig, bevor Sie losbrüllen.
- Vereinbaren Sie ein Codewort, das Sie dem Partner sagen, wenn Sie denken: »Jetzt wird es gefährlich.« Es kann ebenso eine Geste sein oder eine CD, die Sie auflegen.
- Legen Sie am 1. Januar für ein Jahr ein Kasse an, aus der Sie die Schäden bezahlen, die bei Ihren Crashs entstehen. Ist die Kasse leer, muss sich jeder zurückhalten bis zum nächsten Jahr.

Wie gesagt, solche Regeln sind nichts als Notverbände, Hilfsmittel, um wenigstens einen Teil der schädlichen Spannung aus der Partnerschaft zu nehmen. Wenn die Methode funktioniert, haben Sie eine Chance auf Besserung. Denn jeder Erfolg ermutigt Sie, weiterzumachen. Und jeder Erfolg zeigt Ihnen, dass Sie auch ohne große Dramen mit Ihrem Partner glücklich sein können.

5. STOP-AND-GO

»Wir lieben uns, können aber nicht zusammenleben«

Manchmal spielt die unberechenbare Liebe zwei Menschen einen ganz besonders bösen Streich: Sie entflammen füreinander, einer kann vom anderen nicht genug bekommen, doch zusammenleben können sie nicht. Benoîte Groult hat in ihrem bekannten Roman »Salz auf unserer Haut« eine solche Liebe eindringlich beschrieben. Die Pariser Intellektuelle und der bretonische Fischer liebten sich ein Leben lang, doch ein gemeinsames Zuhause, eine Familie waren für sie undenkbar. Eine zu große Lücke klaffte zwischen ihrer jeweiligen Ausbildung, ihrem kulturellen und sozialen Hintergrund, ihrer Lebens- und Denkart. Nur wochenweise trafen und genossen sich die beiden über Jahrzehnte hinweg. In den Zeiten dazwischen gestaltete jeder sein Leben. Doch nicht nur Status, Ausbildung und ähnliches können Menschen so prägen, dass ständiges Zusammensein mit einem anderen unmöglich wird. Manchmal sind auch die Persönlichkeiten eines Liebespaares zu verschieden, um Brücken zu bauen. Jeder Versuch, die Liebe in den Alltag zu tragen, scheitert kläglich. Das sind dann die Paare, die sich mehrmals im Jahr trennen, um nach einer Weile festzustellen, dass sie ohne einander nicht sein können.

Beatrice und Franz

Als Franz die Mexikanerin Beatrice auf einem Stadtteilfest traf, schlug die Liebe wie ein Blitz ein. Noch am selben Abend gingen sie miteinander ins Bett und wussten: »Wir gehören zusammen.« Die ersten Wochen ihrer Beziehung verliefen stürmisch. Die beiden hatten nur noch Augen füreinander. Franz verschwand vollständig von der Bildfläche. Er sagte alle seine Termine, die er als Immobilienhändler hatte, kurzerhand ab. Seine Freunde sahen ihn überhaupt nicht mehr. Genauso Beatrice. Sie ließ das Semester sausen und fuhr mit dem Geliebten ohne nachzudenken vier Wochen in die Karibik. Danach stand fest: Wir ziehen zusammen. Mit diesem Entschluss begann die Misere.

Nur mit Mühe und nach langen Diskussionen konnten sie sich auf eine gemeinsame Wohnung einigen. Sie wollte eine schöne Altbauwohnung mit hohen Decken. Er wäre lieber in ein kleines Häuschen gezogen. Die Auswahl der Möbel wurde zur Katastrophe. In den Geschäften brüllten sie sich an, warfen sich gegenseitig schlechten Geschmack vor. Als sie endlich eingezogen waren, ging das Drama weiter. Beatrices Lässigkeit ging Franz im täglichen Leben auf die Nerven. Wenn er morgens in die Küche kam und das verkrustete Geschirr vom Abendessen stehen sah, obwohl sie mit Aufräumen dran gewesen war, hätte er schon den ersten Tobsuchtsanfall bekommen können. Es ärgerte ihn maßlos, dass sie ihre Klamotten in allen Zimmern verstreute und er seine Socken nicht an ihrem Platz fand. »Du bist faul und bequem«, schrie er Beatrice an, wenn sie morgens um 11 Uhr noch im Bett lag. Sie wiederum sah ihn angeekelt an, wenn er abends müde vor der Glotze lag. Das »blöde Gequatsche« seiner Freunde ertrug die flippige Mexikanerin schon gar nicht, und seine Skatabende ödeten sie schlicht an. Daheim meckerte einer am anderen herum. Auf Sex hatte keiner mehr Lust. Nach sechs Monaten zog Beatrice in einer Nacht-und-Nebel-Aktion aus. Und Franz verspürte bei seiner Rückkehr in die leere Wohnung tief drinnen Erleichterung.

Doch als sich die beiden drei Monate später auf einer Fete wieder trafen, begann das Spiel von Neuem. Franz konnte gar nicht mehr verstehen, was ihn an seiner süßen, aufregenden Beatrice gestört hatte. Und sie sah nur den tollen Mann mit dem verführerischen Glitzern in den Augen und nicht den Langweiler auf dem Sofa. Die Versöhnungsnacht war das Heißeste, was beide jemals erlebt hatten. Und am nächsten Tag zog sie wieder bei ihm ein – mit vielen guten Vorsätzen auf beiden Seiten. »Diesmal machen wir es anders«, sagten sie und gaben sich Regeln. Beatrice versprach, ihre Klamotten nur in ein Zimmer zu werfen, ihren Teil der Hausarbeit zu erledigen und wenigstens am Samstag morgens aufzustehen, damit sie etwas gemeinsam unternehmen konnten. Franz wollte künftig großzügiger sein, was die Ordnung im Haus anging, regelmäßig mit ihr Konzerte, Theater etc. besuchen. Und das Fernsehen wollte er doch ohnehin reduzieren. Die ersten Wochen funktionierte das System ganz gut. Doch nach drei Monaten fielen beide in ihre vertrauten Muster zurück, war die alte Situation wieder da, der nächste Bruch angesagt.

In den folgenden Jahren wechselten sich Versöhnungen und Trennungen munter ab. Fünf Jahre nach dem Kennenlernen und unzählige Kapitulationen später, Beatrice hatte ihr Biologiestudium abgeschlossen und arbeitete als Assistentin an der Uni, wurde sie schwanger. Zunächst waren beide happy, und während der Schwangerschaft verlief ihre Beziehung relativ friedlich. Franz umsorgte seine Partnerin liebevoll, und sie führte einfach ein ruhigeres Leben. Doch als die kleine Dolores fünf Monate alt war, begann wieder das alte Spiel, die Gegensätze brachen erneut auf. Franz flüchtete von Zuhause, sooft es ging. An den Wochenenden packte er seine Tochter und fuhr mit ihr ins Grüne. Beatrice vergnügte sich unterdessen mit ihren Freunden, verbrachte die Samstagnacht in der Disco. Zu Hause meckerten und motzten sich die beiden nur an. Kurz nach Dolores drittem Geburtstag musste Franz ins Krankenhaus, weil er unter stressbedingten Magengeschwüren litt. In dieser Zeit suchte sich Beatrice eine Wohnung und zog mit ihrer Tochter aus. Das ist nun ein Jahr her. Beide haben versucht, mit einem anderen Partner eine Beziehung zu beginnen. Doch ohne Erfolg. Sie sind kreuzunglücklich und sagen, dass sie einander lieben. Aber wie sich ihr Leben weiterentwickeln soll, wissen sie nicht.

Hintergründe

Die Ursachen für Stop-and-Go-Beziehungen, in denen ein Paar praktisch ständig in derselben Krise lebt, ohne diese lösen zu können, sind äußerst vielfältig. Der Hauptgrund ist sicherlich ein starker, schwer überwindbarer Kontrast, kurz: Frau und Mann passen nicht zusammen. Diese Situation kann zum einen durch extrem unterschiedliche Lebensläufe, Herkunft und persönliche Geschichte entstehen. Zum anderen aber auch durch diametral entgegengesetzte Persönlichkeiten. Ein Paar liebt sich aus den unerfindlichen Gründen, aus denen nun mal Liebe entstehen kann. Es geht um ein ganz starkes Gefühl, das Frau und Mann aneinander bindet, auch wenn sie in entscheidenden Punkten grundverschieden sind. In den Niederungen des täglichen Kleinkrams scheitert das Paar, kann sich im Alltag nicht aufeinander einstellen. Unterschwellig mag bei Stop-and-Go-Beziehungen ebenso wie bei Chaospaaren und Push-and-Pull-Partnerschaften eine Variation desselben Grundthemas eine Rolle spielen: die Angst vor Nähe und Abhängigkeit und dem starken Bedürfnis danach. Eben weil die Charaktere von Frau und Mann bei solchen Paaren ohnehin nicht harmonisieren, geraten beide in eine große Ambivalenz. Die Liebe, die sie verbindet, drängt sie zu intensiver Nähe, es entsteht der Wunsch nach Symbiose und Verschmelzung. Gleichzeitig wird ihnen deutlich, dass sie genau dieses enge »Zusammenkleben« schon wegen ihrer großen persönlichen Unterschiede nicht ertragen können. Dieser Konflikt kulminiert jedes Mal in einer Trennung. Die wiederum ertragen sie auch nicht, weil sie sich emotional sehr nahe stehen. Solange so ein Paar versucht, den herkömmlichen Beziehungsweg mit Zusammenleben und eventuell sogar Familie zu beschreiten, muss es scheitern. Alternativen sind gefragt.

Ausweg

Natürlich können Stop-and-Go-Paare versuchen, ihre Unterschiede zu überwinden oder ihnen sozusagen ein Schnippchen zu schlagen. Wobei gerade die erste Alternative wenig Erfolg verspricht, denn sie bedeutet, dass sich einer von beiden oder beide ändern müssen. Dabei geht es nicht nur um Verhalten, sondern meistens um grundlegende Charakterzüge. Das ist extrem schwer und kann sowohl ihr als auch ihm schaden. Die zweite Möglichkeit heißt, sich im Zusammenleben Regeln zu geben, wie es etwa Beatrice und Franz versucht haben. Dieses Vorgehen mag in Einzelfällen funktionieren. Doch es verlangt viel Disziplin von den Partnern und das auf lange Zeit. Ganz ehrlich: Die meisten stehen das nicht durch. Irgendwann fragen sie sich, ob der Preis für diese Liebe nicht zu hoch ist. Für mich heißt der Königsweg aus der Stop-and-Go-Krise getrennt leben. Das muss nicht so extrem ablaufen wie in Benoîte Groults Roman. Zwei Wohnungen in ein und derselben Stadt genügen auch. Auf diese Art und Weise kann sich jeder immer dann zurückziehen, wenn es ihm zu viel wird. Jeder kann seinen eigenen Lebensstil pflegen, ohne den Partner durch seine Art zu nerven und eben auch ohne die

Konflikte, die daraus entstehen. Das Alltagsgeschehen klammern solche Paare weitgehend aus ihrer Beziehung aus. Gleichzeitig nutzen sie die gemeinsame Zeit besonders intensiv. Wer mit dieser auf Unabhängigkeit und Selbständigkeit aufbauenden Lebensform zurechtkommt, kann durchaus eine glückliche Beziehung führen. Denn zwei getrennte Wohnungen, eine Partnerschaft auf Distanz bedeutet ja nicht, dass Frau und Mann nur schöne Dinge miteinander teilen und die Schwierigkeiten, die im Verlauf eines Lebens nun mal auf jeden von uns zukommen, von den Partnern jeweils allein gelöst werden müssen. Das Gegenteil kann bei solchen Paaren der Fall sein. Weil sie ihre Gefühle nicht im Alltagskampf mit ihren sehr unterschiedlichen Charakteren verschleißen, haben sie gerade in kritischen Situationen oft die Kraft, dem anderen beizustehen und Probleme gemeinsam zu bewältigen. Natürlich verzichten diese Paare auf die kleinen Freuden, die sich im Zusammenleben spontan ergeben können. Unter dem Strich stellt diese Lebensform jedoch eine vielversprechende Alternative dar, deren Risiko nicht höher ist als bei einem gemeinsamen Haushalt.

6. EINSAM ZU ZWEIT

»Wir leben nur noch nebeneinander her!«

Dieses Kapitel über Frauen und Männer, die gewohnheitsmäßig zusammenleben, ist das bedrückendste von allen. Bedrückend deshalb, weil diese Paare nicht aufeinander zugehen, nicht ihre Gefühle offenbaren, sich nicht austauschen, ja nicht einmal streiten. Kurz: Sie tun all das nicht, was eine lebendige, hoffnungsfrohe Partnerschaft ausmacht. Diese Beziehungen sind ohne Lebensfreude, sie liegen im Tiefschlaf, manchmal sind sie sogar tot. Bedrückend ist dieses Kapitel auch, weil so viele Menschen davon betroffen sind und sich die meisten in der Sprachlosigkeit einrichten, sich aus den unterschiedlichsten Gründen damit arrangieren. Die Einsamkeit zu zweit ist die häufigste Beziehungskrise überhaupt. Sie taucht in vielerlei Varianten auf, aber einige Merkmale ähneln sich in allen Fällen.

Betroffen sind meist Paare, die länger als zehn Jahre zusammenleben, Kinder haben und die klassische Rollenverteilung (er macht Karriere, sie sorgt für Kinder und Haushalt) praktizieren. Und auch der Verlauf weist viele Übereinstimmungen auf. Am Start ihrer Liebe stehen große Pläne: Wir wollen ein eigenes Haus; wir wollen Kinder, die es einmal besser haben, eine gute Ausbildung bekommen sollen; wir wollen finanzielle Unabhängigkeit usw. Beide konzentrieren sich die ersten Jahre ihrer Ehe voll und ganz auf diese Ziele. Das kostet Kraft und Energie, und oft merken die Partner nicht, dass sie sich im Alltagstrott verloren haben. Der Prozess verläuft schleichend, am Anfang treibt das Paar nur ganz langsam voneinander weg. Das ist das Gefährliche an dieser Krise. Denn wenn ein Partner registriert, dass der andere einen anderen Weg gegangen ist, an irgendeiner Stelle eine Abzweigung genommen hat, dann ist es schon fünf vor Zwölf. Meist geschieht das, wenn der Nachwuchs im Teenageralter ist, das Haus abbezahlt und die Karriere gesichert. Dann werden die Paare auf sich selbst zurückgeworfen. Gerade Frauen beginnen sich in dieser Zeit zu fragen: Wo stehe ich? Was sind meine persönlichen Ziele? Was verbindet mich eigentlich noch mit meinem Mann jenseits von Kindern, Geschäftsessen und dem Alltagseinerlei? Das ist der Zeitpunkt, an dem es um eine Entscheidung geht. Die einen richten sich in ihrem Nebeneinander ein, die anderen versuchen, wieder zu einem Miteinander zu finden. Manchmal ist es dazu zu spät.

Nehmen wir Uschi. Die gut aussehende und gepflegte 47-jährige weiß seit einigen Monaten, dass ihr Mann Bernd eine Freundin hat. Überrascht ist sie eigentlich nicht. Eher im Gegenteil: Uschi wartet schon seit Jahren darauf. Und sie wird ihn auch nicht darauf ansprechen. Sie denkt nicht daran. Denn sie will behalten, was sie in den vergangenen 17 Jahren Ehe gemeinsam erreicht haben. Sie besitzen ein wunderschönes großes Haus, geben begehrte Einladungen, machen an den richtigen Plätzen dieser Erde Ferien und zählen zu ihren Freunden Menschen, auf die es ankommt in ihren Kreisen. Bernd hat eine steile Karriere hinter sich. Er ist Vorstand in einem Unternehmen und wird – davon sind alle überzeugt – bald Sprecher der Geschäftsleitung. Uschi hat ihn in den vergangenen Jahren tatkräftig und mit viel Fingerspitzengefühl unterstützt, die richtigen Leute eingeladen, ihm den Rücken für seinen Beruf frei gehalten. Ihr verdankt er sein raffiniert klassisches Outfit und sein gepflegtes Heim. Wann immer Bernd ein Ohr zum Klagen brauchte oder einen guten Rat – er bekam es von seiner Frau. Und jetzt hat er sich eine junge Geliebte zugelegt. Klingt wie aus einem billigen Groschenroman. Aber die Wirklichkeit übertrifft die Phantasie solcher Autoren. Denn Uschi wird ihn nicht zur Rede stellen. Sie verhält sich still, zieht sich noch weiter in sich selbst zurück und lässt ihn gewähren. Eine Scheidung kommt für die 47-jährige nicht in Frage. Die Kinder, die beide kurz vor dem Abitur stehen, sind nicht der Grund. Uschi will nicht allein leben und sie will den Wohlstand, den sie und ihr Mann nun haben, genießen. Das Golfspielen, den regelmäßigen Besuch der Schönheitsfarm und die tollen Kleider aus ihrer – teuren – Lieblingsboutique, auf all dies will sie nicht verzichten. Außerdem hat sie Angst, keinen anderen Partner zu finden. Sie weiß, sie ist anspruchsvoll. Also arrangiert sie sich.

Finden Sie es zynisch und abgebrüht, dass Uschi ihren Mann heute vor allem als finanzielle Absicherung betrachtet? Das kann man durchaus so sehen. Aber die 47-jährige hat für sich eine Wahl getroffen, mit der sie zumindest die nächsten Jahre leben will. Und das ganz bewusst. Heute Abend, wenn Bernd kommt, wird sie den Tisch schön gedeckt haben und ihm interessiert zuhören, wenn er von seiner Vorstandssitzung erzählt.

Das ist die eine Variante der Reaktion. Das Paar arrangiert sich, akzeptiert, dass nur noch die Fassade von der Beziehung steht. Innendrin ist es leer. Doch es kann auch anders laufen.

Christin und Bert

Kennengelernt haben sich Christin und Bert bei den Vorbereitungen zum Abiturball. Sie war Schulsprecherin am Mädchengymnasium und er hatte denselben Job an der Oberschule für Knaben. Das ist jetzt 16 Jahre her. Heute sind beide das, was man Erfolgstypen nennt. Sie ist Pressesprecherin bei einem großen Konzern in Süddeutschland und er leitet die juristische Abteilung bei einem Computerhersteller. Geheiratet haben die beiden vor 13 Jahren mitten im Studium. Nicht, weil sie Kinder wollten, sondern als Zeichen, dass sie zusammen gehören. Beide verbringen seit jeher viel Zeit im Büro, selbst am Wochenende, und sind auch oft unterwegs. Die knappe Freizeit vertrieben sie sich in ihrem großen Freundeskreis, beim Surfen und Reisen. Dann, vor eineinhalb Jahren, bekam Bert eine tolle berufliche Chance in Norddeutschland und sagte spontan zu. Zuerst dachten beide, Christin würde mitkommen und sich eine neue Stelle suchen. Aber die eingefleischte Münchnerin wollte nicht weg aus ihrer Heimatstadt, von ihren Freunden und ihrer Familie. Also beschlossen sie, eine Wochenendbeziehung zu riskieren. Geld für die Flüge war da und beide konnten einander verstehen. »Den Job hätte ich an seiner Stelle auch angenommen«, dachte Christin. Und Bert meinte: »So viel wird sich nicht ändern. Wir sehen uns auch jetzt unter der Woche nicht gerade viel.« Er mietete sich eine Wohnung in der Nähe Hamburgs und zog um. Am Anfang lief alles toll. Die beiden konnten kaum das Wochenende abwarten, so viel hatten sie sich zu erzählen. Die neue Situation verdrängte alles andere. Mit dem Reisen wechselten sie sich ab. Einmal kam Bert nach München, dann Christin in den Norden. Anstrengend war das für beide. Doch sie genossen auch jedes Wochenende. Mit der Zeit lebte sich Bert ein. Seine neue Stelle war wirklich interessant. Er hatte viel zu tun, manchmal auch an den Wochenenden. Also gab es Monate, in denen sie sich nur zwei mal sahen. Aber beide kamen gut mit der Situation zurecht. Christin traf sich mit ihren Freunden, wenn sie mal einen Abend in der Woche Zeit hatte, und Bert trat in einen Segelclub ein.

Als ihn seine neuen Freunde zu einem Segeltörn einladen, schlägt Bert seiner Frau vor, doch mal getrennt Urlaub zu machen. Sie willigt zögernd ein. Irgendwie bekommt Christin langsam ein komisches Gefühl. Zum ersten Mal denkt sie, dass sie aneinander vorbei leben. Sie merkt, dass sich ihre Gespräche schon lange immer nur um den Beruf oder um Alltäglichkeiten drehen. Bert kann Christins Bedenken und Zweifel nicht nachvollziehen. Er findet alles ideal. Er hat sich ein neues Leben aufgebaut, sprüht vor Energie, und wenn Christin bei ihm ist, redet er wie ein Wasserfall. Er findet es schön so und einfach bequem. Unter der Woche macht er, was er will, und am Wochenende hat er seine Frau. Aber Christin betrachtet ihn manchmal wie einen Fremden. Worin besteht unsere Beziehung eigentlich noch?, fragt sie sich. Wir wohnen an verschiedenen Orten, haben jeder eine Wohnung, unterschiedliche Freundeskreise. Was verbindet uns eigentlich noch außer der Gewohnheit? Ihre Gespräche, findet sie, kratzen nur an der Oberfläche. »In Wirklichkeit wissen wir doch gar nichts mehr voneinander. Wir haben kaum noch gemeinsame Erlebnisse.«

Nur schwer kann sich Christin eingestehen, dass sie so eine Beziehung nicht will. Dabei wird ihr klar, dass die Ursache nicht in der Wochenendbeziehung liegt. Auch vorher schon, sieht sie heute, ging es vorwiegend um Oberflächlichkeiten. Wie viele Jahre das bereits so ist, kann sie nicht mehr sagen. Eines ist klar: Christin will die Situation ändern. Sie weiß nur nicht recht wie. Als sie ihrem Mann vorschlägt, dass sie sich in Hamburg eine Stelle suchen könnte, um wieder ständig mit ihm zusammenzuleben, reagiert er zunächst überrascht und dann ablehnend. Ihm gefällt es so, wie es ist. Christin aber ist ratlos.

Wie konnte uns das passieren? Eine Kette von Ursachen

Wann haben Michael und ich aufgehört, wirklich miteinander zu sprechen und uns zuzuhören?, fragte mich kürzlich eine Freundin und erzählte, dass ihre Abende immer gleich ablaufen. Sie essen, reden über das Geschäft, den Haushalt und die Kinder. Dann setzt er sich vor den Fernseher und ist spätestens um zehn Uhr eingeschlafen. Und sie sitzt da und fragt sich, wie ihnen das passieren konnte. Die Antwort auf diese Frage ist einfach und schwierig zugleich: Die beiden bemühen sich nicht – oder nicht mehr – umeinander. Treffen kann es jedes Paar. Diese Krise schreckt vor niemandem zurück. Denn ihre tiefere Ursache liegt in jedem von uns begründet – in unserer Bequemlichkeit.

Am Anfang einer Liebe bemühen wir uns um den anderen, wollen wissen, wie er etwas sieht und empfindet, was er über alles mögliche denkt. Umgekehrt geben wir Stück für Stück von uns preis, öffnen uns, lassen den Liebsten/die Liebste teilhaben. Doch das ist anstrengend, kostet Kraft, Energie und Mühe. Wenn der erste Zauber der Liebe vorüber ist und Alltag einkehrt, schleicht sich Routine ein. Das ist noch kein Problem. Routine bei den richtigen Dingen, nämlich bei den unwichtigen, erleichtert das Zusammenleben. Zwei spielen sich aufeinander ein. Eigentlich müsste nun mehr Zeit für das Miteinander bleiben. Aber komischerweise ist es nicht so. Das hängt einerseits mit den Zielen (Haus, Kinder, gemütliches Heim, Fernurlaube etc.) zusammen, die sich Paare zu Beginn ihrer Beziehung setzen. Frau und Mann arbeiten an deren Verwirklichung und glauben, dass sie damit auch schon etwas für ihre Partnerschaft tun. Doch das ist ein Irrtum. Und noch etwas anderes spielt eine wichtige Rolle: Auch wenn wir uns als Paar zusammentun, bleiben wir doch bei aller Liebe und Zuneigung Einzelpersonen, die ein Eigenleben haben. Eins plus eins ist auch in der Liebe nicht eins, sondern zwei. Das bedeutet, dass sich ein Paar gemeinsam verändert oder es zumindest kann, aber auch jeder einzelne Partner für sich. Der Beruf prägt, ebenso Kinder, in besonderem Maße bei den Müttern. Die

Erlebniswelt jedes Einzelnen ist grundverschieden. Erkennen wir das nicht, oder finden nicht die Kraft, den anderen teilhaben zu lassen am eigenen Leben, weitet sich die Routine aus, schleicht sich in alle gemeinsamen Lebensbereiche ein bis zur Sexualität. Die Beziehung erhält keine neuen Ideen, Anregungen und Gefühle mehr, trocknet langsam ein. Das eigene Leben nimmt immer mehr Raum ein, das gemeinsame immer weniger.

Eben weil dieser Prozess nicht schnell, sondern ganz langsam, über Jahre abläuft, merken wir es oft gar nicht. Irgendwann stellt sich bei ihr oder ihm ein leises Unbehagen ein, das schnell unterdrückt wird. »Uns verbindet doch so viel, all die gemeinsamen Jahre, die Vertrautheit und die Sicherheit. Wir kennen uns in- und auswendig und wir haben schließlich gemeinsam etwas aufgebaut«, sagte meine Freundin und machte jahrelang äußere Umstände für ihre Unzufriedenheit verantwortlich. Wer rüttelt schon gerne an diesem – vermeintlich – festen Gebäude, nur weil man nicht ganz glücklich ist? Und so leben diese Paare weiter, lassen es zu, dass sie sich immer mehr voneinander entfernen.

Flucht in die innere Emigration

Nicht immer leben Paare, die sich nichts mehr zu sagen haben, einigermaßen zufrieden nebeneinander her. Diese Krise kann auch sehr schwerwiegende Folgen für einen Partner haben. Denn so mancher geht in die innere Emigration, das heißt, er schottet sich nicht nur vom Partner, sondern mit der Zeit auch von der gesamten Umwelt, von Freunden und Bekannten, ja von der Familie ab. Und diese Vereinsamung kann zu Depressionen führen.

»Ich muss dauernd an meine Eltern denken«, erzählt

die 42-jährige Marie. »Die haben eine schreckliche Ehe geführt. Nach außen war alles in bester Ordnung, aber in Wirklichkeit konnten sie nichts miteinander anfangen. Ständig lief der Fernseher. Ich kann mich nicht erinnern, wann meine Eltern mehr als einige nichtssagende Worte miteinander gesprochen hätten. Und heute ist wohl der Tag, an dem ich mir eingestehen muss, dass ich auch so eine Ehe führe.« Marie hatte ihr Studium abgebrochen, als sie Gerhard heiratete und sofort schwanger geworden war. Seit zehn Jahren ist sie Hausfrau und Mutter. Von ihrem Mann hat sie immer weniger mitbekommen. Am Anfang erzählte er ihr noch viel aus seiner Kanzlei. Doch irgendwann hörte der erfolgreiche Anwalt damit auf. Die Gespräche zwischen den beiden – einmal das Wichtigste in ihrer Beziehung – sind versickert. Und Marie, die sich auf einmal nicht mehr vollwertig fühlte, weil sie nicht zu Ende studiert hatte, weil sie nicht mehr mitreden konnte, zog sich immer mehr in sich selbst zurück. Zunächst ging sie nur zu Gerhard auf Distanz. Aber mit den Jahren auch zu ihren alten Freunden, die erfolgreich im Beruf waren oder sich in den Kindergärten und Schulen ihres Nachwuchses engagierten. Sie blieb zu Hause, war viel allein und versorgte ihre Tochter. Doch dann wurde es für Marie sogar schwierig, einkaufen zu gehen. Einmal sollte sie Gerhards teure Uhr zur Reparatur bringen. Als sie vor dem feinen Geschäft stand, traute sie sich einfach nicht hinein. Damals begannen auch ihre Schlafstörungen und Marie nahm Beruhigungstabletten. Immer häufiger legte sie sich wieder ins Bett, nachdem ihre Tochter in die Schule gegangen war. Und oft saß sie grundlos heulend im Bad. Sie litt schrecklich. Doch bei

allem wahrte sie nach außen den Schein. Kurz bevor Gerhard nach Hause kam, zog sie sich immer an, schminkte sich und lächelte.
Gerade diese Fassade macht es so schwierig, Menschen, die sich in sich selbst zurückgezogen haben, zu helfen. Sie wollen nicht entdeckt werden. Sie haben Angst vor der Welt da draußen, vor peinlichen Situationen, mühsamen Gesprächen und vor Trennungen. Sie fürchten sich, ihren wahren Gefühlen ins Gesicht zu sehen. Hinter der inneren Emigration stehen immer große Gefühle. Denn wer sich zurückzieht, muss irgendwann einmal engagiert gewesen sein. Wer seinem Partner die Liebe, ja sogar ein klärendes Gespräch verweigert, muss ihn irgendwann einmal sehr geliebt haben, oder tut es vielleicht immer noch. Und: Wer sich solch eine dicke Haut zulegt, muss schreckliche Verletzungen erlitten haben. Die innere Emigration wird zur Grundhaltung eines hilflosen Menschen gegen die feindliche Außenwelt. Es ist die reine Abwehr. Wer sich davon befreien will, braucht Mut, und selten geht es ohne therapeutische Hilfe.

Warum Paare zusammenbleiben

Wer Paare, die nebeneinanderher leben und sich dessen bewusst sind, fragt, warum sie sich nicht trennen, erhält meist folgende Antworten:

- Hauptsächlich wegen der Kinder.
- Es würde uns finanziell nicht mehr so gut gehen. (Schließlich müsste der Mann seiner Ex, die sich wegen der Kinder keinen Job suchen kann, Unterhalt zahlen.)

- Wir haben uns eine Wohnung gekauft und bei der Bank eine Menge Schulden.
- Da sind die vielen alltäglichen Verpflichtungen, Verbindungen und Verknüpfungen, die wir nicht so einfach kappen können.

Und schließlich kommt meist noch ein Zusatz, der lautet: Ich denke, unsere Ehe ist noch nicht am Ende. Oder auch: In jeder Beziehung gibt es schwierige Phasen. Ich glaube, dass wir aus unserer irgendwie wieder herauskommen.

Interview

mit Karin del Vecchio, Psychotherapeutin und Partnerschafts- und Familienberaterin.

Stimmen Ihrer Erfahrung nach die aufgeführten Aussagen von Paaren, die sich nicht trennen wollen?

del Vecchio: Ja, durchaus, aber es gibt noch andere Gründe. Doch zunächst: Viele Paare bleiben zusammen, weil sie ihren Kindern eine heile, intakte Welt bieten und Geborgenheit mitgeben wollen, selbst wenn sie sich nicht mehr viel zu sagen haben. Die Angst, ihren Kindern durch eine Trennung zu schaden, ist bei allen Eltern sehr groß. Sicherlich spielen auch finanzielle Erwägungen eine Rolle. Da geht es einmal um mögliche Unterhaltszahlungen, um Abfindungen, etwa wenn das Paar gemeinsam ein Unternehmen aufgebaut hat oder ein schönes Haus besitzt, und es geht auch um gemeinsame Schulden. Viele schrecken vor diesen Komplikationen, vor dem Auseinanderdividieren zurück und lassen lieber alles beim Alten.

Welche Rolle spielt das soziale Netz, Familie, Freunde und Bekannte eines Paares?

del Vecchio: Gerade bei Menschen, denen wichtig ist, was andere von ihnen denken, ist dieser Aspekt von großer Bedeutung. Das sind oft religiöse Menschen und solche mit einer eher konservativen, traditionsorientierten Grundhaltung. Sie achten besonders auf das äußere Erscheinungsbild ihrer Ehe und haben enorme Schwierigkeiten, ein Scheitern einzugestehen. Sie schämen sich dessen. Und hier kommen wir in den Bereich der eigentlich entscheidenden Gründe, warum zwei sich nicht trennen.

Welche wären dies?

del Vecchio: Die allerwichtigste Ursache, die hinter all den genannten Gründen steht, ist die pure Angst. Sie müssen sich vorstellen, bei einer Trennung geben Menschen all die Sicherheit und Geborgenheit, die sie in den Jahren zuvor aufgebaut haben, alle Mechanismen, die sie in ein soziales Netz eingebunden haben, auf. Sie müssen noch einmal von vorne anfangen. Allein das macht schon enorme Angst. Hinzu kommt die Angst davor, allein zu sein, ausgeschlossen von dem früheren Leben, und Befürchtungen, keinen neuen Partner mehr zu finden. Zudem können sich viele Menschen nicht eingestehen, versagt zu haben. Das Scheitern ihrer Beziehung heißt für die meisten Paare zunächst: Wir haben versagt oder ich habe versagt. Es ist schwer, mit diesem Gefühl zu leben und es zu verarbeiten. Dieses ganze Bündel aus sozialen, finanziellen, emotionalen und traditionellen Schranken verhindert in vielen Fällen eine Trennung, auch wenn diese oft besser für das Paar wäre. Deshalb arrangieren sich viele.

Wann kommen solche Paare eigentlich zu Ihnen?

Erst dann, wenn ihr System einstürzt, das heißt, wenn einer ausschert – entweder durch eine Außenbeziehung oder weil er nicht mehr weiter so leben will. Sie können sich dieses Beziehungssystem vorstellen wie einen Tisch mit vier Beinen. Jeder hat seinen Platz und seine Aufgabe. Frau und Mann haben sich darin eingerichtet und empfinden – wenn überhaupt – nur einen diffusen Mangel. Den meisten geht es ganz kommod. Doch wenn der Tisch auf einmal nur noch drei oder zwei Beine hat, steht er nicht mehr. Das ist der Zeitpunkt, an dem Paare zum Therapeuten kommen.

Auswege – Wer wirklich will, findet wieder zueinander.

Der Weg vom Nebeneinander zum Miteinander steht nur den Paaren offen, bei denen beide etwas verändern wollen, die sich weigern, ihre Beziehung aufzugeben. Und ganz wichtig: die sich durch Liebe, Zuneigung und/oder Freundschaft verbunden fühlen.

Folgende Fragen müssen die Partner zunächst beantworten:

- 1. Worin besteht unsere Beziehung eigentlich? Was macht sie aus? Was verbindet uns?
- 2. Welche Wünsche an das Leben und an den Partner haben Frau und Mann? Hier geht es um die individuellen Ziele und Erwartungen.
- 3. Wo besitzen wir noch Gemeinsamkeiten?

- ➢ 4. Welche Gemeinsamkeiten können wir wieder oder neu entwickeln?
- ➢ 5. Wie können wir das erreichen? Was interessiert uns beide? Was können wir gemeinsam machen und erleben?

Manche dieser Fragen können Paare schnell beantworten, andere brauchen Zeit. Nehmen Sie sich diese Zeit. Es kommt nicht auf einige Wochen an. Denken Sie allein nach und sprechen Sie mit Ihrem Partner. Offenbaren Sie Ihre Wünsche, Zweifel und Ideen. Lassen Sie sich inspirieren durch Gespräche mit anderen, durch Bücher, Seminare, was immer Sie wollen. Probieren Sie neue Dinge aus – möglichst gemeinsam. Gehen Sie langsam aufeinander zu.

Hat sich bei einem der Partner oder bei beiden über die Jahre viel Bitterkeit aufgestaut, müssen Sie darüber reden – aber bitte ohne Schuldzuweisungen. Erzählen Sie, ohne dem anderen Vorwürfe zu machen. Vielleicht erleben Sie dann, dass Ihr Mann oder Ihre Frau Ihnen zum ersten Mal seit langem zuhört. Und wahrscheinlich werden Sie so manche Überraschung erleben. Vielleicht geht es Ihnen so wie meinen Nachbarn. Die beiden hatten sich geweigert, ihre Silberhochzeit zu feiern, weil es »ja wirklich nichts zu feiern gibt«. Aus dem dreiwöchigen Florida-Urlaub, den sie von ihren Kindern trotzdem geschenkt bekommen hatten, kamen sie nicht nur braun und erholt, sondern auch als »runderneuertes« Paar zurück. »Fern von unserem gewohnten Leben und zum ersten Mal nach vielen Jahren drei Wochen lang allein zu zweit, mussten wir uns irgendwie miteinander beschäftigen«, erzählt die 49-jährige Jubilarin. »Als wir damit begonnen hatten, war das wie ein Dammbruch. Tagelang sprachen wir nur über uns. Und jetzt beginnen wir ein neues Leben.«

7. DER UNBEKANNTE TRIEB

»Die Eifersucht macht mich wahnsinnig«

Eifersucht ist ein Gefühl, das fast jeder von uns kennt. Wer hat nicht schon irgendwann einmal diesen Stich gefühlt, der so schwer zu beschreiben und beherrschen ist. Die meisten leiden nur hin und wieder unter einem kleinen Anfall, andere aber öfter, manche sogar extrem. In vielen Fällen richtet sich die Eifersucht auf eine andere Frau oder einen anderen Mann. Manche aber sind auch eifersüchtig auf das Hobby, das der Partner ausübt, auf seinen Sport, auf seine Freunde. Jedwede Zeit, die der andere für sich oder seine Interessen aufbringt, lässt dieses hässliche Gefühl hochkriechen. Wer in einer positiven Lebensphase steckt, ist meist gegen diesen quälenden Zustand gefeit. Sein Selbstbewusstsein kann nichts erschüttern. Wer aber nicht gut drauf ist, Probleme im Job hat, sich vier Kilo zu dick oder sich insgesamt unsicher fühlt, wird auch rasch von diesem nagenden Gefühl heimgesucht. Die ohnehin laue Stimmung wird noch schlechter. Eifersucht kann depressiv und aggressiv machen. Der Betroffene leidet, sein Partner auch. Denn er fühlt sich in seiner Freiheit eingeschränkt, kontrolliert und überwacht. Schnell kommt es zu Spannungen und schließlich zur Krise.

Das Interessante an der Eifersucht ist: Sie ist in den westlichen Gesellschaften anerkannt, denn sie gilt als Gradmesser der Liebe. Je mehr ich liebe, desto eifersüchtiger bin ich. Das ist die landläufige Meinung. Eifersucht schmeichelt, Frau und Mann fühlen sich begehrt und geliebt. Ist der Partner nicht oder kaum eifersüchtig, wird dies als Gleichgültigkeit interpretiert. Liebe und Eifersucht gehören zusammen. Der eine ist der Gradmesser des anderen. So denken zumindest viele. Doch das Gegenteil ist der Fall: Eifersucht kann Liebe ersticken und jede Beziehung in eine schwere Krise führen, denn sie verbindet ein Paar nicht, sondern trennt es. Gespräche über das Thema nützen oft wenig, eben weil sich der eifersüchtige Partner meist im Recht fühlt, sozusagen gesellschaftlich anerkannt. Der, der sich gegen die Einschränkungen wehrt, wird schnell zum Bösen, wie die folgende Diskussion zeigt:

Bernd kommt verspätet nach Hause und erzählt, dass er mit einem Freund noch einen Kaffee getrunken hat. Worauf Eva spitz fragt, ob es nicht vielleicht eine Freundin gewesen sei. Bernd wehrt sich, er will sich nicht so einschränken lassen, und sagt seiner Frau, dass sie schließlich auch mal allein etwas unternehmen könne. Darauf entwickelt sich folgender Dialog:

Eva: *Du bist eben gleichgültig, weil du mich nicht liebst.*

Bernd: *Das ist doch Blödsinn. Ich lasse dir doch nur deine Freiheit. Wir können uns doch nicht gegenseitig nur einschränken.*

Eva: *Einschränkung nennst du das? Wenn man einen anderen liebt, dann verhält man sich nicht so wie du. Du warst früher viel aufmerksamer und rücksichtsvoller.*

Bernd: *Wenn man sich etwas Freiraum lässt, hat das doch auch Vorteile. Wir wollen uns doch nicht überwachen und die Luft zum Atmen nehmen.*

Eva: *Wenn dir die Freiheit so wichtig ist und ich dir die Luft zum Atmen nehme, dann kannst du mich gar nicht lieben. Wenn man sich liebt, ist man schließlich füreinander da und es macht nicht jeder, was er will.*

Bernd: *Das mache ich doch gar nicht. Es gibt doch einen Mittelweg. Du kannst mich doch nicht mit deiner Eifersucht beherrschen. Ich bin schließlich ein eigenständiger Mensch.*

Eva: *Wenn du so denkst, warum hast du mich dann*

geheiratet? Dein Verhalten ist rücksichtslos und lieblos. Ich verstehe unter Ehe etwas anderes.

Bernd: *Ich habe dich geheiratet, weil ich dich liebe. Aber ich will dir deshalb nicht über alles, was ich tue, Rechenschaft ablegen müssen. Du bist maßlos eifersüchtig.*

Eva: *Jede andere Frau würde genauso reagieren. Ich lasse mir doch nicht vorwerfen, ich sei eifersüchtig. Bist du etwa nicht eifersüchtig?*

Bernd: *Doch, etwas. Aber du bist extrem, du willst Macht über mich ausüben.*

Eva: *Jetzt soll ich auch noch machtbesessen sein. Damit hat das doch überhaupt nichts zu tun.*

So oder ähnlich verlaufen Gespräche über Eifersucht. Je öfter sie stattfinden, um so aggressiver wird die Unterhaltung. Das Ende ist vorhersehbar: Je mehr ein Menschen den anderen fesseln möchte, je mehr er sich an ihn klammert, desto stärker wird sich der andere wehren. Und irgendwann wird er sich aus der Zwangsjacke befreien. Denn das Leben mit einem notorisch eifersüchtigen Partner ist auf Dauer unerträglich.

Rita und Markus

Rita ist Goldschmiedin, eine aparte, dunkelhaarige Frau, der niemand ihre 33 Jahre ansieht. Ihr Beruf macht ihr Spaß, die Kunden mögen sie und ihre Schmuckentwürfe. Vor drei Jahren hat Rita den gleichaltrigen Markus auf einer Party kennengelernt. Er ist Versicherungskaufmann, sehr ehrgeizig und hat sich in seiner Firma mittlerweile zum Abteilungsleiter hochgearbeitet.

Die beiden fanden sofort Kontakt zueinander. Rita lebte ohnehin allein und suchte schon seit längerem einen neuen Partner; Markus hatte gerade eine langjährige Beziehung hinter sich. Ute, seine große Liebe, hatte sich vor einigen Monaten von ihm getrennt. Zwar hatte Markus nicht damit gerechnet, sich so schnell wieder zu verlieben. Aber Rita gefiel ihm mit jedem Treffen mehr. Er trieb die Beziehung offensiv voran. Rita blieb etwas zurückhaltend. Sie brachte immer wieder das Gespräch auf Ute, wollte wissen, wie sehr Markus die Vorgängerin geliebt habe und ob sein Verhältnis zu ihr wirklich abgeschlossen sei. Rita hatte von Anfang an Angst, dass ihr neuer Freund wieder zu seiner früheren Lebensgefährtin zurückkehren würde. Markus ließ sich die Fragen und Sticheleien gutmütig gefallen. Die kleinen Szenen, die ihm Rita machte, interpretierte er als Temperament und Zeichen ihrer Liebe. Ein großer Fehler, wie sich später herausstellen sollte.

Nach einigen Monaten waren diese Anfangsschwierigkeiten überwunden, und eineinhalb Jahre später zogen sie gemeinsam in eine herrliche Dachterrassenwohnung am Stadtpark. Alles lief bestens. Sie verstanden sich gut. Markus machte in seiner Firma Schritt für Schritt Karriere. Sicher, er arbeitete viel, oft auch abends, besuchte häufiger Tagungen und Fortbildungsveranstaltungen. Rita machte die häufige Abwesenheit ihres Liebsten zunächst nichts aus. Sie genoss die freie Zeit. Doch allmählich begann sie sich Gedanken zu machen. War Markus wirklich im Büro? Ist es normal, dass er so viel arbeitet? Mit wem fährt er eigentlich immer auf die Tagungen? Als ihr Markus dann noch von seiner neuen Assistentin erzählte, ging die Phantasie mit ihr durch. Sie fing an, geschäftliche Telefongespräche, die ihr Freund führte, zu belauschen; ging Wort für Wort durch, was sie gehört hatte. Sie begann, Markus zu beobachten, gab jeder kleinen Geste, jeder nebensächlichen Bemerkung eine enorme Bedeutung. Wenn sie abends auf ihn wartete, versuchte sie sich daran zu erinnern, wie es war, als sie das letzte Mal miteinander geschlafen hatten. Gab es Anzeichen, dass sein Interesse an ihr abnahm, seine Lust schwand? Mit Ritas Seelenfrieden war es vorbei, sooft sie sich auch sagte, ihr Misstrauen sei Blödsinn. Schließlich gab es überhaupt keinen Grund für Markus, sich in eine andere Frau zu verlieben. Sie waren ja glücklich. Erst gestern hatte er ihr gesagt, wie sehr er sie liebe. Aber die Gespenster konnte sie nicht mehr vertreiben.

Markus blieben die Ängste seine Partnerin natürlich nicht verborgen. Ritas Befürchtungen im Hinblick auf Ute hatte er noch zerstreuen können. Nun, da Ute kein Thema mehr war, fand Rita einen anderen Grund für ihre Eifersucht. Zwar versuchte sie, ihre Gefühle zu verstecken, ja sie schämte sich ihres Misstrauens. Doch ihre Fragen, wenn er wieder einmal spät nach Hause kam oder von einer Veranstaltung zurückkehrte, verrieten sie. Markus reagierte immer gereizter. Er hatte gedacht, Ritas Eifersucht würde sich mit der Zeit legen. Doch das Gegenteil war der Fall. Dabei gab er ihr überhaupt keinen Anlass. Rita steigerte sich immer mehr in ihr Misstrauen hinein, konnte sich nicht mehr normal verhalten. Alle Gespräche über ihre Eifersucht endeten damit, dass sie in Tränen ausbrach und ihm sagte, wie sehr sie ihn liebte. Allmählich wurde die Eifersucht zur Zerreißprobe für ihre Beziehung. Rita konnte ihre Gefühle nicht beherrschen und Markus wusste nicht mehr, wie er sich verhalten sollte.

Dann kam jener Abend in ihrer Stammkneipe. Sie waren dort mit Freunden verabredet, feierten den Geburtstag von Ritas Cousine. Sie aßen und tranken mehr als gewöhnlich, die Stimmung war klasse. Ziemlich spät kam zufällig Ute, Markus frühere Liebe, ins Lokal, offenbar, um noch eine Kleinigkeit zu essen. Markus freute sich, die Verflossene wieder zu treffen und setzte sich zu ihr an den Tisch. Rita beobachtete das Paar aus der Entfernung, ihre Miene wurde immer düsterer. Ihre Wut steigerte sich von Minute zu Minute, als sie die beiden so vertraut dort sitzen sah, und auf einmal ging ihr

Temperament mit ihr durch. Sie stand völlig unmotiviert auf, ging zu den beiden und versetzte Ute eine schallende Ohrfeige. Alle starrten wie gebannt auf Rita, die auf einmal zu schluchzen begann. Markus, dem der Vorfall furchtbar peinlich war, sah seine Freundin an. Mitleidig, aber auch angewidert. Er brachte sie nach Hause.

Am nächsten Morgen, als sie völlig fertig am Frühstückstisch saßen, redeten Rita und Markus über sich und ihr Leben. Beide fanden die Situation nicht mehr erträglich. Sie litt furchtbar unter ihrem Verhalten und ihren Gefühlen, konnte sich deren Ursprung nicht erklären. Er wiederum sehnte sich nach einer harmonischen Beziehung, in der sich beide Partner frei entfalten können. Mit Ritas Eifersucht kam er nicht zurecht. Er litt unter ihrem Misstrauen und spürte, wie er sich von ihr entfernte. Beide wussten, dass ihre Beziehung in einer Sackgasse war. So konnten und wollten sie nicht weiterleben.

Typisches Gespräch

Horst ist wahnsinnig eifersüchtig auf jeden, der seiner Freundin Susi zu nahe kommt. Er beäugt sie bei allem, was sie tut, kritisch und wachsam. Einen Anlass zu Vorwürfen findet er immer, besonders nach Treffen mit Freunden. Susi und Horst sitzen am Morgen nach einem Fest beim Frühstück und der Streit beginnt.

Horst: Du hast dich ja gestern gut amüsiert.
Susi: Wieso?
Horst: Glaubst du, ich habe nicht bemerkt, wie du ständig mit Karl geflirtet hast?
Susi: Red' dir doch nichts ein!

Horst: Das konnte doch jeder sehen, wie du auf den abgefahren bist.
Susi: Du redest doch nur Quatsch.
Horst: Und dann seid ihr auch noch verschwunden.
Susi: Mein Gott, wir standen in der Küche und haben Kaffee gekocht.
Horst: Das kann ja jeder sagen.
Susi: Deine Eifersucht geht mir auf die Nerven.
Horst: Ich bin überhaupt nicht eifersüchtig, ich lass mich nur nicht vor allen Freunden zum Hanswurst machen.
Susi: Du verdirbst mir wirklich alles.
Horst: Ich lass mir von dir doch keine Hörner aufsetzen. Du gehörst mir.
Susi: Ich gehöre überhaupt niemandem. Ich bin doch kein Hund. Ich lass mir von dir doch nicht vorschreiben, was ich tue.
Horst: Ich hab doch gewusst, dass du mich nicht mehr willst.
Susi: Wenn du so weitermachst, hab ich wirklich bald die Nase voll.
Horst: Und in der Zwischenzeit machst du schon mal meine Freunde an.
Susi: Du bist wirklich nicht mehr zu retten! Es hat ja überhaupt keinen Sinn, mit dir zu reden.
Horst: Alle anderen lachen sich wahrscheinlich ins Fäustchen über mich Trottel von Ehemann.
Susi: Ach lass mich doch endlich in Ruhe mit deiner blödsinnigen Eifersucht.

Susi wird Horst wahrscheinlich nie davon überzeugen können, dass sein Misstrauen unbegründet ist. Für Eifersüchtige gelten Argumente nämlich nicht. Denn Eifersucht schaltet das Gehirn aus.

Über die Ursachen

Eifersucht ist eine Mischung aus **Angst**, den anderen zu verlieren, aus **Zweifeln** an der eigenen Anziehungskraft und Attraktivität, ja am eigenen Wert, und aus dem Bedürfnis, den anderen zu besitzen, zu beherrschen und damit **Macht** über ihn auszuüben. Der Eifersüchtige hat Ohnmachtsgefühle, befürchtet, der andere könne ihm entgleiten. Der Gedanke daran ist für Rita und alle anderen notorisch Eifersüchtigen unerträglich. Sie hat Angst, dass Markus sie verlässt und sie dann wieder allein dasteht, in einem scheinbar leeren Leben ohne Freunde, ja ohne Liebe und Geborgenheit. Vor allem unsichere Menschen mit wenig Selbstvertrauen und großen Selbstzweifeln leiden unter Eifersucht. Sie lieben und akzeptieren sich selbst nicht und können daher nicht glauben, dass der andere sie liebt. Ihre Zweifel begleiten Rita ständig. Im Grunde fragt sie sich ununterbrochen, was Markus eigentlich an ihr findet. Sie kann nicht glauben, dass ausgerechnet sie seine Zuneigung gewonnen hat, und rüttelt ständig an den Grundfesten ihrer Beziehung. Und weil sie so wenig Selbstvertrauen besitzt, schreibt sie allen anderen Frauen eine immense Attraktivität und Anziehungskraft zu. Sie empfindet ihre Geschlechtsgenossinnen als Konkurrentinnen um die Liebe ihres Mannes.

Eifersüchtige haben in ihrer Kindheit oft unter mangelnder Liebe ihrer Eltern gelitten, haben sich nach mehr Zuwendung und Aufmerksamkeit gesehnt. Bei Frauen ist es häufig so, dass sie zu wenig Liebe und Anerkennung vom Vater erhalten haben. Als Erwachsene zweifeln sie dann schon aus Vorsicht und Angst vor Enttäuschung an den Gefühlen des Partners. Wie kann ein anderer sie lieben, wo sie doch gar nicht liebenswert sind? Für Rita etwa ist es einfach nicht vorstellbar, dass Markus gar kein

Interesse an einem Seitensprung hat. Sie kann nicht glauben, dass er in seiner Partnerschaft glücklich ist, dass sie ihm gibt, was er sich wünscht. Und weil das so ist, kommt die ständige Kontrolle ins Spiel. Sie scheint Eifersüchtigen die einzige Sicherheitsgarantie. Sie wollen den Partner besitzen. Rita braucht die Sicherheit, dass sie an Markus die Exklusivrechte hat, dass sie ihn in Besitz nimmt und er sie. Dies ist mein Mann oder meine Frau – also Hände weg, heißt das Signal. Die Grundgedanken dahinter sind schlicht: Ein Paar, das sich liebt, muss alles miteinander teilen – Ziele, Hobbys, Freunde, Freizeit, Urlaub, Gedanken, kurz alle Facetten des Lebens. Zwei werden zu einem. Platz für Dritte gibt es nicht. Deshalb hat Rita die frühere Freundin von Markus auch geschlagen. Dies ist mein Mann, er gehört zu mir, lass die Finger von ihm!

Doch Eifersüchtige erreichen nie ihr Ziel. Das können sie auch gar nicht, solange sie sich nicht ändern. Ihr Misstrauen ist schließlich nur ein Symptom. Aber sie tappen auch beim geliebten Partner in eine Falle. Sie erreichen bei ihm genau das Gegenteil dessen, was sie wollen. Bleiben wir bei unserem Fall. Auch wenn Markus am Anfang nicht die geringsten Zweifel an seiner Liebe zu Rita hatte, mit der Zeit sind sie entstanden. Kein Mensch erträgt auf Dauer die ständige Unsicherheit seines Partners, die Szenen, Sticheleien und Streitereien. Niemand hält die dauernde Kontrolle, das Misstrauen, den allumfassenden Besitzanspruch des Partners aus. Irgendwann fehlt die Luft zum Atmen, übernimmt Markus die Zweifel von Rita und beginnt sich zu fragen, ob er sie wirklich liebt. Wer sich an den Geliebten klammert, ihn zu fesseln versucht, wird ihn verlieren. Denn je heftiger die Umklammerung, desto stärker die Gegenwehr – schon aus reinem Selbstschutz. Wenn Rita und Markus keinen Ausweg finden, wird sich Markus irgendwann aus der Zwangsjacke seiner Freundin befreien. Denn das Leben mit einem notorisch eifersüchtigen Partner hält niemand aus.

Liebe und Partnerschaft brauchen Freiheit. Sie ist der Sauerstoff, der die Flamme einer Beziehung brennen lässt. Das mag pathetisch klingen, aber es ist wahr. Eifersucht und Besitzanspruch haben genauso wenig mit Liebe zu tun wie fehlende Eifersucht mit Gleichgültigkeit. Wer eifersüchtig ist, will Macht über den anderen ausüben. Ordnet der sich unter, ist dies kein Zeichen für seine Liebe, sondern höchstens für seine Bequemlichkeit und Konfliktscheu. Nur Paare, die das erkennen und umsetzen, finden einen Weg aus der Krise.

Menschen, die unter notorischer Eifersucht leiden, können natürlich in einer Therapie Hilfe suchen. Man kann es aber auch allein versuchen.

Vier Ansatzpunkte und zwei Verbote:

1. Lernen Sie sich lieben! Leichter gesagt als getan. Das ist wahr. Aber einige Tricks gibt es schon, wie jeder sein Selbstbewusstsein aufpolieren kann. Zunächst geht es darum, sich einzugestehen, dass Sie sich nicht für liebenswert halten. Diese bittere Erkenntnis steht am Anfang. Der zweite Schritt heißt: Seien Sie gut zu sich und lassen Sie es sich gut gehen. Möglichkeiten dazu gibt es unendlich viele. Gönnen Sie sich das, was Sie schon immer mal tun wollten – eine Woche Schönheitsfarm, einen Tennisurlaub in einem tollen Sporthotel, den Hosenanzug, mit dem Sie schon seit Wochen liebäugeln, oder ein neues Parfum. Suchen Sie sich neue Hobbys, lernen Sie eine Sprache, durchbrechen Sie einfach Ihren täglichen Trott. Gestalten Sie Ihr Leben. Darum geht es. Handeln Sie und lassen Sie nicht alles passiv mit sich geschehen. Sie werden sehen, wie schnell Ihr Wohlbefinden und Ihr Selbstbewusstsein steigen.

2. Kämpfen Sie gegen Ihre Verlustangst. Die Methode ist einfach und schwierig zugleich. Sie heißt Konfrontation.

Wenn Sie Angst vor dem Alleinsein haben, zwingen Sie sich, allein zu sein – zunächst einen Abend, dann einen Tag und schließlich ein Wochenende oder eine ganze Woche. Gestalten Sie die Zeit des Alleinseins möglichst schön. Auch wenn es Ihnen anfangs schwerfällt, halten Sie durch. Sie werden sehen, dass es immer leichter wird. Irgendwann genießen Sie es, allein zu sein. Denken Sie daran: Nur wer gut mit sich selbst sein kann, ist fähig zu einer tiefen partnerschaftlichen Verbindung. Die Angst, Ihren Partner zu verlieren, gehen Sie ebenfalls mit Konfrontation an. Wann immer Sie Zeit haben, überlassen Sie sich Ihrer Phantasie. Malen Sie sich aus, wie es wäre, wenn Sie wieder allein wären. Sie kommen abends in eine leere Wohnung, seine Sachen sind nicht mehr da, Sie verbringen die Wochenende, allein. Es tut weh, aber es ist ja nur ein Gedankenspiel. Malen Sie sich die schmerzhaftesten Einzelheiten aus, leiden Sie. Je öfter Sie dieses Szenarium zulassen, desto mehr verliert es seinen Schrecken. Der Verlust Ihres Partners hängt nicht mehr wie ein Damoklesschwert über Ihnen. Sie haben sich befreit.

3. Schluss mit den Besitzansprüchen! Reden Sie sich gut zu, machen Sie sich jeden Tag aufs Neue klar, dass Ihr Liebster nicht Ihr Besitz ist, dass Liebe nur in Freiheit gedeihen kann. Zwei Menschen werden durch die Liebe nicht einer. Jeder muss seine Persönlichkeit behalten, hat das Recht, sich frei zu entfalten. Beiden steht es frei, zu bleiben oder auch zu gehen – so weh das tut. Lieben heißt immer auch ein Risiko eingehen. Denken Sie täglich daran. Irgendwann materialisiert sich dieser Gedanke.

4. Die logische Konsequenz aus den vorhergegangenen Einsichten heißt: Vertrauen Sie Ihrem Partner. Liebe braucht Vertrauen, um zu gedeihen. Und das bedeutet auch, dass Sie ihm glauben, wenn er etwas sagt. Versuchen Sie es.

So, und nun kommen noch zwei strikte Verbote, an die Sie sich unbedingt halten sollten.

Schluss mit Grübeleien! Verbieten Sie sich Ihr Misstrauen und Ihre Zweifel. Wenn Ihr Partner weg ist, setzen Sie sich nicht zu Hause hin und quälen sich mit Ihren Verdächtigungen. Zwingen Sie sich dazu, etwas zu unternehmen. Lenken Sie sich unter allen Umständen ab. Sie dürfen Ihre Eifersucht nicht zulassen.

Schluss mit Spionage! Hören Sie auf, Telefongespräche Ihres Liebsten zu belauschen und seine Post zu untersuchen. Interpretieren Sie nicht mehr jede Geste, jedes Wort, jede Bemerkung des anderen. Dieses Verhalten ist entwürdigend für Sie und Ihren Partner.

Und zum Schluss noch ein Tipp: Der Weg aus der Eifersucht ist hart. Er fällt Ihnen leichter, wenn Sie offen über Ihre Gefühle sprechen – auch gegenüber Freunden. Reden Sie auch mit Ihren Eltern, wenn Sie das Gefühl haben, von ihnen nicht genug Zuwendung erhalten zu haben. Keine Angst vor solchen Gesprächen. Sie werden Sie erleichtern und den Weg für Veränderungen frei machen.

Tipps für Partner von Eifersüchtigen

Wer einen Menschen liebt, der unter Eifersucht leidet, steht dessen Verhalten oft hilflos gegenüber. Mit einigen Verhaltensregeln wird das Zusammenleben einfacher.

- Zeigen Sie Verständnis für Ihren Partner. Auch wenn Gespräche nicht immer Erfolg haben, sagen Sie ihm, dass Sie seine Ängste kennen und versuchen, sie zu verstehen. Zerstreuen Sie seine Zweifel so gut es geht, auch wenn die Vorwürfe nichts mit Ihrem tatsächlichen Verhalten zu tun haben.
- Ermutigen Sie Ihren Partner, seine Interessen zu entfalten. Unterstützen Sie ihn bei allem, was ihm gut tut. Schränken Sie ihn nicht ein.
- Bleiben Sie Sie selbst. Bei aller Liebe und Zuneigung dürfen und müssen Sie Ihre Persönlichkeit behalten. Lassen Sie sich nicht verbiegen und verteidigen Sie Ihre Unabhängigkeit. Lassen Sie sich auch nicht zu Konzessionen überreden. Eifersüchtige verlangen oft unsinnige Dinge von ihren Partnern, etwa die Sekretärin zu entlassen, weil sie zu hübsch ist, ein Hobby oder das wöchentliche Treffen mit Freunden aufzugeben. Ihr Partner hat nicht das Recht, Ihnen Vorschriften zu machen und Sie zu kontrollieren und einzuschränken.
- Seien Sie offen! Sprechen Sie, egal wie unangenehm das sein mag, auch über Ihre Ängste und Bedürfnisse. Schenken Sie Ihrem Liebsten Vertrauen, gehen Sie offen und ehrlich mit ihm um. Das ermutigt und macht sicher.

8. DER MÄCHTIGE UND SEINE DIENERIN

»Er lässt sich von mir lieben!«

Viele kennen ein Paar wie Sabine und Hermann, oder vielmehr: wie Hermann und Sabine. Er gibt, wo immer er auftritt, den Ton an, sagt, wo es langgeht. Hermann lässt nie einen Zweifel aufkommen, dass er nicht nur weiß, worauf es ankommt, sondern mit Recht die Führung übernimmt. Es gibt kein Thema, bei dem Hermann nicht mitreden würde und zu dem er nicht eine pointierte Meinung besäße. Nein, unsympathisch wirkt er nicht: Der Mann besitzt Charme, gute Manieren und Esprit, ja hin und wieder zeigt er einen ausgeprägten Sinn für Humor und Ironie. Ganz anders Sabine. Sie ist sein »Frauchen«, betont ständig, wie gut sie sich verstehen, wie überlegen ihr Mann ist und wie dankbar sie selbst dafür, dass sie sein Leben teilen darf. Sabine weiß genau, was er will. Am Buffet sucht sie für ihn die Leckerbissen aus; sie lässt sich gutmütig von ihm necken. Seine Überheblichkeit scheint sie nicht zu bemerken oder für völlig richtig zu halten. Wie Sabine ist oder was sie denkt, vermögen selbst Freunde nicht zu sagen. Denn sie ist, was er will: gut gekleidet, freundlich, kultiviert. Ihre persönliche Meinung? Die kennt keiner. Egal zu welchem Thema, ihre Sätze beginnen mit: »Nein diesen Film haben wir nicht gesehen, Hermann meint ...« oder: »Die Ausstellung fanden wir ganz wunderbar, völlig zu Recht hat Hermann ...« oder: »Mein Mann hasst Urlaub am Strand, deshalb fahren wir jedes Jahr ...«. Sabines Freundinnen standen ihrer Ehe von Anfang an skeptisch gegenüber. Sie können einfach nicht verstehen, warum sie sich derart unterdrücken lässt. Warum sie ihre Persönlichkeit, ihren eigenen Willen scheinbar völlig aufgegeben hat und sich in allem – von der Kosmetik über die Kleidung bis hin zu ihrer Freizeitgestaltung – ihrem Mann unterordnet. Die Ehe hält nicht lang, haben alle bei der Hochzeit prognostiziert. Doch nun sind Sabine und Hermann seit zehn Jahren verheiratet und offenbar beide ganz glücklich dabei.

Der Mächtige und seine Dienerin oder auch der Herrscher und seine Untertanin nenne ich diese Art der Paarbeziehung. Sie ist eine ganz besondere Konstellation von zwei Persönlichkeiten, die zusammengefunden haben. Meist ist der Mann derjenige, der die Position des Herrschers einnimmt. Er bringt die Frau in Abhängigkeit, stellt enorme Ansprüche an sie. Er will, dass sie ihm bedingungslos ergeben ist. Er will nicht nur wissen, was sie denkt und fühlt, sondern will bestimmen, was sie denken und fühlen soll. Er hat den absoluten Machtanspruch und ein enormes Kontrollbedürfnis. Seine Botschaft ist ebenso frappierend wie simpel: Ich zeige dir, wie überlegen ich dir in allen Fragen der Intelligenz, des Wissens und des Geschmacks bin. Ich bin etwas Besonderes, also erkenne das an, ordne dich unter und bewundere mich. Er möchte nur eines: geliebt und bewundert werden, und zwar in übersteigerter Form. Sie dagegen ist im Grunde ihres Herzens ganz froh, dass er ihr alles abnimmt. Sie muss sich um nichts mehr kümmern, lässt alles mit sich geschehen und setzt ihm keinen Widerstand entgegen. Es ist einfach praktisch, wenn der andere das Denken und Handeln übernimmt. Und sie weiß instinktiv: Solange sie seinen Erwartungen entspricht, muss sie vor Einsamkeit, Verlassenwerden und Trennung keine Angst mehr haben. Denn er hat gefunden, was er sucht, und bleibt dabei, auch wenn er das niemals zugeben würde. Damit sie auch vollkommen sicher sein kann, versucht sie sich voll und ganz mit ihm zu identifizieren, in allen Punkten so zu sein, wie er es will. Sie liebt ihn und will durch ihr Wohlverhalten seine Liebe behalten und stärken. Er wiederum spielt mit ihren Gefühlen und nutzt sie als Machtinstrument. »Wenn du so bist wie ich es will, liebe ich dich.« So formt er sie nach seinen Wünschen und gibt ihr dafür emotionale Sicherheit. Beide haben etwas davon – solange er herrschen und sie dienen will.

Übrigens:

Natürlich gibt es auch den Fall, in dem die Frau den Ton angibt und der Mann – als klassischer Pantoffelheld – sich fügt. Die Mechanismen sind ähnlich. Anders jedoch als Karikaturen glauben lassen, ist die Konstellation »die Mächtige und ihr Diener« viel seltener als die umgekehrte Version.

Tine und Ulli

Tine zahlt den Taxifahrer, nimmt ihre Tasche und sperrt die Tür ihres schmucken Reihenhauses auf. Nach drei Wochen Krankenhaus freut sie sich auf daheim. Die Verletzungen, die sie sich bei dem schweren Autounfall zugezogen hatte, sind gut verheilt. Nur ihren rechten Arm kann sie noch nicht wieder ganz gebrauchen. Aber das kommt noch, sagt der Arzt. In der Diele bleibt die 44jährige verblüfft stehen. Vor der Garderobe stapeln sich alte Zeitungen. Daneben liegen volle Mülltüten. Hat Ulli, der Mann, mit dem sie seit acht Jahren zusammenlebt, denn überhaupt nicht aufgeräumt? Er wusste doch, dass sie heute zurückkommen würde, und hatte sich noch zigmal entschuldigt, (eine dringende Besprechung mit dem Schulrat), weil er sie nicht abholen konnte. Im Wohnzimmer und der Küche sieht es verheerend aus. Überall stehen gebrauchte Tassen und Teller herum. In der Waschküche liegen die dreckigen Klamotten von drei Wochen und ins Bad mag Tine überhaupt nicht gehen.

Sie fühlt sich ohnehin noch so kaputt, dass sie sich erstmal ins – ungemachte – Bett legt. Tine ist gerade eben eingeschlafen, als Ulli zur Tür hereinkommt, sie stürmisch umarmt und sofort fragt, ob sie ihm nicht einen Kaffee kochen wolle. Während sie sich hochrappelt und in die Küche geht, erzählt ihr Ulli immer wieder, wie froh er sei, dass dieser Krankenhausaufenthalt vorbei ist. Grinsend schaut er sich im Zimmer um und sagt: »Gott sei Dank gehst du erst nächste Woche wieder ins Geschäft. Da hast du jetzt erst mal Zeit, um das Haus wieder in Ordnung zu bringen. Weißt du, ich freue mich schon so auf dein Essen. Ich habe es nämlich satt, jeden Abend ins Restaurant zu gehen. Die können einfach nicht so gut kochen wie du. Allerdings musst du noch einkaufen gehen«, fügt er sicherheitshalber gleich hinzu.

Tine kann es einfach nicht glauben. Ja, sie weiß auch, dass sie ihren drei Jahre jüngeren Liebsten schrecklich verwöhnt hat. Obwohl er als Oberstudienrat am hiesigen Gymnasium mittags immer zu Hause ist, sie dagegen als Prokuristin manchmal bis sieben oder acht Uhr abends arbeitet, hat er nie einen Finger im Haushalt gerührt. Tine fühlt sich an diesem Tag total überfordert. »Ich schaff' das nicht«, sagt sie ihm und schlägt zum x-ten mal vor, endlich eine Putzfrau einzustellen. Davon will ihr Lebensgefährte aber nichts wissen. Er hasse es, wenn Fremde im Haus seien. Das wisse sie doch. Und außerdem, dabei umarmt er sie liebevoll, könne sie doch am besten mit seinen kostbaren Kunstbänden umgehen. »Nein, ich will keine fremde Putzfrau, die in meinen Sachen rumwühlt. Punkt und Basta!« Auch Tines Einwand, dass sie ihren Arm noch nicht wieder richtig bewegen könne, macht keinen Eindruck auf Ulli. »Dann machst du eben langsam«, ist seine Antwort. Zum ersten Mal in ihrer Beziehung dreht sich Tine um und geht. Sie legt sich wieder ins Bett. Schlafen kann sie jetzt nicht mehr. Sie hat nur einen Gedanken im Kopf: »Ich habe es satt.« In den vergangenen drei Wochen hatte Tine viel Zeit zum nachdenken – über sich, ihr Leben und ihre Beziehung zu Ulli. Eines ist ihr vor allem klar geworden: Außerhalb des Büros ist das alles eines. In ihrem Leben gab und gibt es neben der Arbeit nur Ulli, Ulli und noch einmal Ulli.

Warum, denkt Tine, trage ich seit acht Jahren nur noch grüne, blaue, graue, weiße und schwarze Kleider? Nur weil Ulli findet, das sind die Farben für eine Blondine wie sie, gibt sie sich gleich selbst die Antwort. Ich will endlich wieder gelbe, orange und rote Sachen, denkt sie. Und ich will endlich wieder einmal ins Theater, die Oper und in Ausstellungen. Dort war sie nämlich schon seit Jahren nicht mehr, weil Ulli von der nahen Großstadt nicht viel hält und es nicht mag, wenn sie allein dorthin fährt. Und sie hat sich danach gerichtet, wie überhaupt bei allem. Es ist Ulli, der in ihrem Leben die große Linie vorgibt, der sagt, wo es langgeht, welchen Film sie sich ansehen, welche Kleider sie tragen soll, wohin sie in den Urlaub fahren. Sie muss nach seiner Pfeife tanzen und hat das nie in Frage gestellt. Ganz im Gegenteil, es hat ihr immer geschmeichelt, dass der attraktive Ulli, der so intelligent und witzig über alles plaudern kann, der große Lausbub, den Männer wie Frauen mögen, gerade sie gewählt hat. Natürlich, sie ist erfolgreich im Job, aber anziehend oder besonders intelligent findet sich Tine nicht. Deshalb war sie immer dankbar für diesen Mann, hat ihr Leben vollkommen auf ihn eingestellt. Es hat sie befriedigt, ihm zu beweisen, was sie alles schaffen kann. Er soll stolz auf ihren beruflichen Erfolg sein, auf ihre Fähigkeit, ein gepflegtes Heim zu führen, auf ihre Kochkunst. In der Tat, Ulli schätzt das alles. Er mag ihre Selbständigkeit, ihre finanzielle Unabhängigkeit; vor allem aber mag er, dass sie ihn grenzenlos bewundert und ihm das Leben leicht macht. Über all das hat Tine im Krankenhaus nachgedacht. Ihre bittere Erkenntnis lautet: Der Kerl lässt sich von mir lieben und versorgen und gibt mir nichts dafür. Sie weiß, wenn sie sich nicht aus Ullis Umklammerung lösen kann, bleibt sie auf der Strecke. Und sie hat panische Angst. Denn sie weiß auch, Ulli wird sich nicht ändern, und er wird mit allen Mitteln dafür kämpfen, dass alles so bleibt wie bisher.

Der Trick mit der Kritik

Wie bereits angedeutet, geht es beim Herrscher und seiner Dienerin in ganz besonderem Maße um das Zusammenspiel von Macht und Liebe. Sie ordnet sich unter, weil sie glaubt, dadurch mehr Liebe und Zuneigung von ihm zu bekommen. Der Dominante verlangt unbedingten Gehorsam und Unterordnung, damit es ihm gut geht. Er will Macht haben, weil sie ihn – vermeintlich – unangreifbar macht. Denn der Herrscher hat vor zweierlei panische Angst: davor, Schwächen einzugestehen, und vor dem Alleinsein. Deshalb versucht er seine Partnerin an sich zu binden, abhängig zu machen, selbst wenn diese dabei ihre Persönlichkeit aufgeben muss. Die Methode, die der Herrscher dabei in vielen Fällen anwendet, ist simpel und wirkungsvoll: Kritik. Denn mit ihr kann er – unbewusst oder bewusst – sein Machtspiel treiben. Der Dominante versteckt dabei seine Kritik hinter seiner Intelligenz. Sein Zwei-Stufen-Programm sieht folgendermaßen aus:

1. In allen Gesprächen verweist der Mächtige auf seine Bildung, sein Wissen, zeigt dem Partner bevorzugt vor Publikum, wie viel er weiß und wie

brillant er sich ausdrücken kann. Man könnte meinen, dieses Verhalten wirke unsympathisch. Aber nein, der Herrschertyp ist wirklich geistreich und – in den meisten Fällen – charmant und witzig. Eine verheerende Kombination. So gelingt es ihm, alle zu unterhalten und dabei seine Überlegenheit deutlich zu machen. Ulli zum Beispiel unterhält mit seiner intelligenten, ironisch-humorvollen Konversation spielend einen ganzen Abend lang zehn Menschen. Alle amüsieren sich und kommen gerne wieder. Die Arbeit überlässt er dabei immer seiner Frau. Und die bekommt auch ab und zu verletzende Seitenhiebe ab.

2. Denn bei seiner Partnerin geht es dem Herrscher nicht nur darum, sich selbst als gescheit und nett herauszustellen. Die will er ja beherrschen. Deshalb setzt er bei ihr seine Intelligenz destruktiv ein, achtet genau auf jede ihrer Äußerungen, kritisiert sie, sobald sie in seinen Augen etwas Falsches gesagt hat. Ulli macht Tine oft in Anwesenheit von Bekannten und Freunden lächerlich. Mit seiner scheinbar gutmütigen Kritik setzt er sie herab, macht sie klein. Beklagt sich Tina nach solchen Vorfällen, versteckt sich Ulli unter dem Deckmäntelchen: »Ich will dir doch nur helfen.« Die Argumentationskette der Mächtigen geht ungefähr so: »Ich bin stärker als du, sehe deine Schwächen und mache dich darauf aufmerksam. Du kannst froh sein, dass ich das tue, denn ich meine es nur gut mit dir.« Doch dahinter steckt reine Machtgier. Denn Ulli sagt mit anderen Worten zu Tine: Sieh' doch endlich ein, dass ich intelligenter bin als du, richte dich nach mir. Meine Ideen und Gedanken

sind besser als deine. Ich habe mehr Durchblick. Also bestimme ich.
Diese Methode ist aus mehreren Gründen heimtückisch. Zum einen sät dieses Vorgehen Zweifel. Tine hat sich oft gefragt, ob er es wirklich gut mit ihr meine oder einfach nur herrschsüchtig sei. Sie konnte sich nie eine eindeutige Antwort geben. Also begann sie sich zu beobachten. Sie achtete auf jede ihrer Aussagen. Und dadurch wurde sie immer unsicherer. Langsam schwand ihr Selbstwertgefühl. An diesem Punkt hat der Herrscher erreicht, was er will: Seine Dienerin wird von ihm abhängig, weil er ihr Halt und Sicherheit gibt. Zum anderen lässt diese Methode dem Opfer nur zwei Möglichkeiten: Es kann seine Überlegenheit anerkennen und sich unterordnen oder es muss rebellieren mit allen Konsequenzen.

Typische Persönlichkeiten

Natürlich ist es schwer zu sagen, welche Charaktereigenschaften auf einen potentiellen Herrscher hinweisen. Ebenso wenig gibt es die typische Dienerin. Und doch zeigen solche Paarkonstellationen bestimmte Persönlichkeitsmerkmale, die sich gewissermaßen ergänzen. Bei zwei aktiven, engagierten Partnern wird sich in den seltensten Fällen ein ausgeprägtes Unter- und Überordnungsverhältnis herausbilden. Es muss ein aktiver auf einen passiven Menschen treffen. Und noch etwas fällt beim genaueren Betrachten solcher Beziehungen auf: Sie liebt ihn, er lässt sich lieben.

Ihr Profil
wenig Energie
eher passiv
schwaches Selbstbewusstsein
eher unsicher
ausgeprägtes Bedürfnis nach Liebe, Sicherheit und Geborgenheit

Sein Profil
viel Energie
aktiv
intelligent
gute Ausbildung
charmant
verwöhntes Einzelkind

Hintergründe und Auswege

Natürlich lässt sich hervorragend spekulieren, wie jemand zum Herrscher oder zur Dienerin wird. Sicherlich spielen Erfahrungen in der Kindheit, insbesondere Geschwister- und Familienkonstellationen, eine Rolle. Sehr dominante Männer sind oft Einzelkinder, manchmal auch von relativ alten Eltern, die sich dieses Kind sehnlichst gewünscht und es nach Strich und Faden verwöhnt haben. Solchen Jungs werden dann alle Schwierigkeiten aus dem Weg geräumt; ihre Mütter himmeln sie an. Bei Frauen, die sich in Beziehungen unterdrücken lassen, kann das ausgeprägte Bedürfnis nach Sicherheit und Liebe ebenfalls aus der Kindheit stammen, etwa als umsorgte einzige Schwester von älteren Brüdern. Genauso gut können das schwach ausgeprägte Selbstbewusstsein und die Minderwertigkeitsgefühle, die solche Frauen häufig haben, auch aus der genau umgekehrten Familiensituation herrühren, nämlich aus einem Beziehungsgeflecht, in dem sich das Mädchen nie anerkannt und geliebt gefühlt hat. Hier wird deutlich, dass jeder, der in eine solche Beziehungsfalle gelaufen ist, die Fragen nach dem Warum für sich selbst beantworten muss.

Sicher ist jedenfalls, dass nur ganz bestimmte Persönlichkeiten Herrscher-Diener-Beziehungen führen. Für Außenstehende ist es, wie bereits erwähnt, völlig unverständlich, warum solche Partnerschaften lange halten. Doch sie tun es. Offenbar spielen gerade bei solchen Verhaltensmustern jahrelange Gewohnheit und die Bequemlichkeit des unterdrückten Parts eine große Rolle. In die Krise geraten solche Paare erst, wenn einer der beiden mit seiner Situation unzufrieden wird und den Versuch unternimmt, auszubrechen. Wer von beiden sich wehrt, hängt mit der persönlichen Entwicklung und oft auch mit beruflichen oder privaten Stresssituationen zusammen. Es kommt – allerdings seltener als umgekehrt – vor, dass es der dominante Mann irgendwann leid ist, immer alles zu regeln, ständig die Initiative zu ergreifen. Häufig geschieht das in Situationen, in denen er ohnehin unter starker Anspannung steht – sei es im Beruf oder weil er gesundheitliche Probleme hat. Auch das zunehmende Alter und die damit einhergehende geringere Leistungsfähigkeit können bei diesem Prozess eine Rolle spielen. In jedem Fall ist es so, dass ihm der Druck zu stark wird und er versucht, seiner Frau mehr Verantwortung abzugeben. Weil sie dies aber nicht gewöhnt ist, sie sich in ihrer Situation eingerichtet hat, reagiert die Frau oft abweisend, ja völlig verunsichert. In dieser Lage passiert es dann, dass der Mann die falsche Schlussfolgerung zieht. Statt sich mehr zurückzuhalten und dem anderen Raum für Initiativen zu lassen, wird er immer fordernder und drängender. Ihre Verunsicherung nimmt dadurch weiter zu. Die Situation ist verfahren.

Umgekehrt, wie im Fall von Tine und Ulli etwa, kommt es ebenfalls zu gravierenden Problemen. Irgendwann merkt der unterdrückte Partner, dass er kaum noch eigene Entscheidungskompetenz besitzt, weil sie ihm der andere sukzessive genommen hat. Tine zum Beispiel hat erkannt, dass sie nicht mehr sie selbst, nicht mehr autonom ist. Sie hat auf einmal Angst, sich selbst zu verlieren, noch mehr von ihrer Identität aufzugeben. Deshalb beginnt sie, sich immer häufiger seinen Ansprüchen und Anforderungen zu entziehen. Sie wehrt sich in Gesprächen, aber auch, indem sie seinen Anforderungen einfach nicht mehr entspricht.

Bei einem anderen Paar, Doris und Kurt, lässt sich das genau aufzeigen. Er, ein selbstständiger Kaufmann, hatte ihr vor der Hochzeit drei Bedingungen gestellt:

1. Ich möchte, dass du immer zu Hause bist, wenn ich von der Arbeit komme.
2. Ich möchte nicht, dass du abends allein mit einem anderen Mann, auch wenn es ein Freund ist, fortgehst.
3. Du darfst auch nachts nicht allein mit Freundinnen ausgehen.

Doris, damals 22 Jahre alt, hatte die Bedingungen akzeptiert und sich elf Jahre lang daran gehalten. Die lebenslustige Blondine war glücklich in ihrer Beziehung. Sie fand die Forderungen ihres Mannes in Ordnung. Doch nachdem die gemeinsame Tochter mittlerweile neun Jahre und ziemlich selbstständig ist, begann sich Doris zu verändern. Sie dachte über ihr Leben, ihre Perspektiven und ihre Ehe nach. Das Ergebnis: Die 33-jährige konnte und wollte die Bedingungen ihres Mannes nicht mehr erfüllen. Sie wollte nicht mehr ausschließlich für ihn und die Tochter da sein, sondern endlich auch ein eigenes Leben führen. Ohne große Diskussionen war sie eben nicht da, wenn Kurt um 17 Uhr nach Hause kam. Und ohne Erklärungen ging sie zum Elternstammtisch der Schulklasse ihrer Tochter und anschließend mit Freundinnen auf ein Glas Wein. Doris kaufte sich teure Schuhe, obwohl sie genau wusste, dass sich ihr Mann darüber aufregen würde. Sie tat das nicht, weil sie die Highheels unbedingt wollte, sondern aus Protest. Kurt reagierte zunächst überhaupt nicht. Dann schenkte er seiner Frau ein Handy und rief sie bis zu zwanzigmal am Tag an, um zu überprüfen, wo sie gerade war. Doris ließ sich das eine Weile gefallen, dann schaltete sie das Handy einfach aus. Nun bekam Kurt es mit der Angst. Er spürte, dass nicht nur sie von ihm, sondern auch er von ihr abhängig war. Was, wenn sich Doris von ihm trennen wollte? Und auch er beging den klassischen Fehler für diese Beziehungskonstellation. Er senkte nicht den Druck, sondern verstärkte ihn. Kurt versuchte, Doris noch mehr zu beherrschen und zu kontrollieren. An diesem Punkt begannen die Auseinandersetzungen. Denn Doris hielt dagegen, machte ihm klar, dass sich ihre Partnerschaft ändern müsse, wenn sie zusammenbleiben wollten. Sie verlangte von ihrem Mann, sich zu ändern, und sagte ihm – zum ersten Mal in den langen Ehejahren – völlig unverblümt, dass sie sich von ihm trennen würde, wenn er nicht begänne, sie als gleichberechtigte Partnerin zu akzeptieren. Die Krise war da.

Egal, wer von beiden – der Herrscher oder seine Dienerin – aus den eingefahrenen Verhaltensmustern ausbricht, die Konsequenzen sind in jedem Fall gravierend. Denn es geht bei diesem Beziehungstyp nicht nur darum, ein anderes Verhalten einzuüben, wie etwa beim richtigen Streiten, sondern sich selbst zu verändern. Beiden, vor allem demjenigen, der gar nichts ändern will, steht ein langer, schwieriger, oft auch schmerzhafter Prozess bevor. Die Chancen, dies allein zu schaffen, sind, um es gleich vorneweg zu sagen, nicht besonders gut. In diesen Fällen ist oft professionelle Hilfe angesagt. Denn schließlich geht es nicht nur darum, die alten Muster aufzubrechen, sondern an seiner eigenen Persönlichkeit zu arbeiten und sich weiterzuentwickeln. Lässt sich der Partner nicht auf eine Therapie ein und scheitern alle Versuche, es selbst zu schaffen, bleiben dem anderen nur zwei Möglichkeiten: resignieren und weitermachen wie bisher oder Trennung.

9. PUSH & PULL

»Er will alles – mich und seine Freiheit!«

»Ich will, dass für mich im Winter rote Rosen blühen ...«, sang Hildegard Knef einst in einem Chanson. Mancher würde darauf ganz nüchtern antworten: Im Leben kann man nun einmal nicht alles haben. Der Spruch gilt, trotz Ausnahmen, für das Leben allgemein und sicherlich auch für Beziehungen zwischen Frau und Mann. Vor allem solche Frauen sollten ihn beherzigen, die einen ganz besonderen Typ von Mann lieben, nämlich den, der sich nicht entscheiden kann zwischen seiner ganz persönlichen Freiheit und seiner Partnerin. Der Beziehungsphobiker will alles, und manchmal hat er Glück, trifft auf die richtige Frau und bekommt es auch. Er gehört dann zu den Ausnahmen von obiger Regel.

Doch was bringt eine Frau dazu, sich auf so einen Typen einzulassen? Freilich, es ist nicht abzustreiten: Männer, die ein ausgeprägtes Eigenleben führen, wirken meistens besonders interessant. Sie haben viele Interessen und können ihrer Liebsten dadurch etwas bieten – seien es Abwechslung, neue Erfahrungen oder interessante Gespräche. Vor allem aber verfügen diese Herren über einen ganz besonderen Reiz: Sie sind nicht hundertprozentig zu haben. Und das fordert jede Frau heraus, ja macht sie geradezu begierig, ihn doch zu bekommen. Da spielt die Psyche uns Frauen einen Streich. Jeder hat die Erfahrung schon gemacht: Alles, was verboten ist oder nicht auf Anhieb zu erreichen, ist besonders interessant. Genau das läuft auch bei diesen Männern ab, macht sie so unwiderstehlich. Aber Vorsicht! Wer zu viel »pusht«, verliert sie. Denn dann fühlen sie sich eingeengt und in ihrem Entfaltungsspielraum beschnitten. Das mögen sie gar nicht und treibt sie in die Flucht. Die Frau, die jedoch mit einem solchen Mann zurechtkommt, kann durchaus glücklich mit ihm werden. Vorausgesetzt, sie nimmt Abschied von einigen Kleinmädchenträumen wie Ehe, trautes Heim und heile Familie.

Übrigens gilt dies genauso für den umgekehrten Fall. Denn im Zwiespalt zwischen Freiheit und Liebe können Männer wie Frauen stecken.

Doris und Manfred

Manfred lebt mitten im Wald in einem Häuschen mit Plumpsklo. In den Zimmern, alle vollgestopft mit Büchern, herrscht kreatives Chaos. Neben philosophischen Werken stehen in den Regalen des 43-jährigen Ingenieurs Bücher über fernöstliche Religion, japanische Lebensart und Kochkunst, das Leben der Nomaden in Afrika, unzählige Science-Fiction-Schmöker und eine ganze Reihe Paperbacks rund um die Themen Motorrad und Surfen. Mittendrin der Computer, der immer flimmert, wenn Manfred zu Hause ist. Im Schuppen nebenan finden Besucher drei alte, halb zerlegte Motorräder und alle Utensilien zum Shapen von Surfboards. Schraubenschlüssel, Tampen, Segelzubehör – alles liegt in diesem kleinen Raum. Zum Arbeiten fährt Manfred jeden Morgen ins vierzig Kilometer entfernte Stuttgart, und abends schaut er bei seiner Frau vorbei. Denn er ist seit zehn Jahren mit Doris verheiratet. Sie lebt in der Schwabenmetropole in einem netten, kleinen Haus, das sich die beiden gekauft haben. Lange hält es ihr Mann freilich nie dort aus. Spätestens nach drei Nächten ist er wieder weg und lässt sich erst einmal zwei Tage nicht blicken. Auch an den Wochenenden oder Feiertagen ist Manfred beileibe nicht immer da. Mal macht er mit seinen Freunden eine

Motorrad-Tour, mal geht er meditieren. Letzten Sommer war er sechs Wochen allein in Indien. »Den Abstand brauche ich«, sagt er. Die 40-jährige kommt mittlerweile mit dieser Situation gut zurecht und hat sich ihr eigenes Leben zwischen den Manfred-Besuchen aufgebaut. Doch das war nicht immer so. Sie ist durch schwierige Zeiten gegangen, bis sie sich mit ihrem Mann arrangiert hat.

Kennengelernt haben sich die beiden vor zwölf Jahren. Zunächst schien alles völlig normal: stürmisches Verliebtsein, heiße Nächte, Ausflüge auf dem Motorrad und ein wunderbarer Strandurlaub. Bereits nach drei Monaten zog er bei ihr ein. Doch mit der Zeit merkte Doris, dass sich ihr neuer Freund von ihr zurückzog. Manfred erfand Ausreden, um ein paar Tage allein zu sein, verschanzte sich abends hinter Büchern oder ging in seine Kneipe, hörte ihr nicht mehr richtig zu und wurde unleidlich. Wenn Doris ihn darauf ansprach, wies er alles weit von sich. Alles sei in bester Ordnung. Doch das sonderbare Verhalten blieb. Nun gehörte Doris niemals zu den Frauen, die ihre Partner fest an sich binden, ihnen förmlich die Luft abschnüren. Ganz im Gegenteil. Sie hatte und hat viele Freunde und eigene Hobbys. Sie spielt leidenschaftlich Tischtennis und geht zum Töpfern. Vielleicht haben wir zu wenige Gemeinsamkeiten, dachte sie damals und begann heimlich ihren Motorradführerschein zu machen. Dann können wir an den Wochenenden gemeinsam übers Land fahren – so ihre Überlegung. Als sie Manfred schließlich stolz ihren Führerschein präsentierte, bekam er gerade mal ein kleines Lächeln zustande. Doch von gemeinsamen Ausflügen auf seiner Kawasaki wollte er nichts wissen. An ihrem 29. Geburtstag, die beiden waren etwas mehr als ein Jahr zusammen, brachte Doris das Gespräch auf ein Thema, das sie schon länger beschäftigte. Beim Candlelight-Dinner zu zweit wollte sie wissen, wie es denn mit Kindern und Heirat aussähe. Manfred reagierte ganz gelassen.

»Ich denke darüber nach«, sagte er ihr. Am nächsten Tag war er weg. Als sie zwei Tage später besorgt an seiner Arbeitsstelle anrief, hieß es, er habe kurzfristig Urlaub genommen. Doris war verzweifelt. Sie konnte sein Verhalten nicht verstehen. Vier Wochen musste sie warten, bis er wieder auftauchte – braungebrannt und gut gelaunt. Auf einmal war alles wie neu. Doris verzieh ihrem Liebsten, und sie beschlossen zu heiraten. Gleich nach der Hochzeit fanden sie das Reihenhaus und kauften es ohne Zögern. Die ersten Monate ihrer Ehe vergingen mit Umbauarbeiten. Das gesamte Dachgeschoss richtete Manfred für sich her. »Ich brauche einen eigenen Raum, in den ich mich zurückziehen kann«, sagte er seiner frisch Angetrauten. Doch nach einem halben Jahr begann das Spiel wieder von vorne. Und diesmal wurde es schlimmer. Manfred weigerte sich, mit Doris fortzugehen. Auch einen Tanzkurs wollte er nicht mit ihr machen. Immer öfter verschwand er, ohne ein Wort zu sagen, und tauchte erst zwei, drei Tage später wieder auf. Die Diskussionen, die Streits begannen. Doris verlangte Erklärungen. Doch Manfred konnte ihr nur sagen, dass er ein wahnsinniges Bedürfnis nach Ruhe und Alleinsein hatte. Er fühle sich eingeengt und in seinen Entfaltungsmöglichkeiten beschnitten. »Alles wird mir zu viel«, sagte er. »Ich brauche meine Ruhe.« Seine Frau konnte das überhaupt nicht nachvollziehen. »Wie sollen wir jemals auf diese Weise Kinder großziehen?«, fragte sie ihn traurig. Und er antwortete hart: »Ich will keine Kinder. Die würden mich ja noch mehr einschränken.« Die Ehe der beiden geriet in eine Schieflage. Doris liebte Manfred, sie schätzte ihn und vertraute ihm, aber ein Leben ohne Kinder und Familie wollte sie nicht. Also blieb nur die Trennung. Als sie Manfred ihren Entschluss mitteilte, wirkte er unendlich erleichtert. Zwei Wochen später hatte er sein Häuschen im Wald gefunden und zog aus. Doch die Geschichte war nicht zu Ende.

Immer wieder tauchte Manfred bei seiner Frau auf. Und obwohl sie anfangs mit Abwehr reagierte, ließ er sich nicht abweisen, sagte ihr, wie sehr er sie liebe und dass er sich auf keinen Fall scheiden lassen wolle. »Unsere Beziehung ist so schön, wir haben so viel Spaß miteinander, warum sollten wir uns trennen?«, fragte er und rückte mit seinem Vorschlag heraus: »Wir leben getrennt, jeder in seinem Haus, und sehen uns dreimal in der Woche – es darf auch mehr sein, aber nicht weniger. Wir fahren einmal gemeinsam in den Urlaub und einmal getrennt«. Manfred redete mit Engelszungen auf Doris ein, und schließlich ließ sie sich zu einer Versuchsphase überreden. Seit zehn Jahren lebt das Paar nun so. Doris schätzt die Vorzüge dieser Art der Partnerschaft (»Unsere Liebe ist immer noch frisch und aufregend«), weiß aber auch, dass sie auf viel verzichtet. Denn Manfred ist nicht immer da, wenn sie ihn braucht. Nach einem entnervenden Tag im Büro sitzt sie abends schon mal allein vor der Glotze und ist nur traurig. Aber sie weiß auch, dass sie mit ihrem Mann nur auf diese Weise leben kann. Denn mehr von sich will oder kann er ihr nicht geben. Damit hat sich Doris abgefunden. Nun steht dem Paar eine neue Bewährungsprobe bevor: Doris ist nämlich schwanger. »Dann hat mein Kind eben nur einen Teilzeitvater«, sagt sie mit einem strahlenden Lächeln. Sie freut sich auf ihr Baby.

Beziehungsangst – Was ist das?

Der Partner, der sich nicht voll und ganz in eine Liebe einbringen will oder kann, tut das nicht allein aus Egoismus oder purem Individualismus. Sicher, es gibt Menschen, die viel Zeit für sich und ihre Hobbys oder Interessen brauchen. Aber hinter dem push-and-pull-Phänomen steckt mehr, nämlich meistens Bindungsangst. Dazu gehören mehrere Komponenten. Es ist einmal die Furcht, vereinnahmt zu werden, die eigene Identität zu verlieren und Autonomie aufzugeben. Aber es geht auch darum, dass solche Menschen die Verantwortung für den Partner nicht tragen können oder sich ganz einfach nicht festlegen wollen. Für Manfred etwa ist das Wort Symbiose bei Partnerschaften ein Horrorbegriff. Er will er selbst bleiben und kann sich seiner Frau nur öffnen, wenn er Rückzugsmöglichkeiten hat. Deshalb läuft die Ehe der beiden jetzt gut. Manfred weiß, er hat seinen Bereich, sein eigenes Lebensumfeld, in dem alles nur nach seinem Willen und seinen Bedürfnissen geht. Ist er bei Doris, kann er ihr alles geben, was sie von einem Partner erwartet und was ja auch in ihm steckt – aber eben nur zeitweise. So schafft er den Spagat. Seit zehn Jahren hat er alles – eine Frau und seine Freiheit.

Rüdiger dagegen will sich überhaupt nicht festlegen. Für ihn ist das Leben ein riesengroßes Chaos, das er nur durch Flexibilität bewältigen kann. Ehe oder Immobilienkauf sind dem 34-jährigen freiberuflichen Fotografen ein Horror. Keine Bindung heißt seine Devise – im Beruf und im Privatleben. Immer, wenn es mit einer Frau ernst wird, macht Rüdiger einen Rückzieher. Verantwortung, feste Beziehung, nein danke! Ihre Bindungsängste nehmen die Betroffenen oft ganz bewusst wahr. Die Panik, die sie überkommt, wenn sie sich verlieben und merken, dass Nähe entsteht, ist nicht zu übersehen oder zu verdrängen. »Ich fühle mich oft richtig zerrissen«, schildert eine Leidensgenossin von Manfred und Rüdiger ihre Gefühle. »Ein Teil von mir sehnt sich danach, mit einem Mann zusammen zu sein, eins zu werden, der andere Teil drängt nach Freiheit.« Alle drei wissen, dass sie für ihre jeweiligen Partner eine Zumutung sind. »Ich habe viele Frauen enttäuscht und verletzt«, gesteht Rüdiger. Bei jeder neuen Liebe denke ich zunächst, jetzt wird alles anders. Diesmal klappt es. Doch nach einigen Monaten muss ich raus, sonst ersticke ich.«

Typischer Beziehungsablauf

Jeder, der die Zerrissenheit zwischen Nähe-Wollen und Freiheit-Suchen kennt oder sie bei einem Partner miterleben und -erleiden musste, weiß, dass solche Beziehungen in Phasen ablaufen, um genau zu sein in vier. Egal, wer auf wen trifft und egal, ob der Mann oder die Frau Bindungsangst haben: Der Ablauf ist immer der gleiche, wie bei Saskia.

Erste Phase: Euphorie
Ob aktiv gesucht oder durch Zufall: Sobald sich Saskia verliebt, geht sie zunächst in die Vollen. Sie gibt sich hin (übrigens die einzige Phase, in der sie das tut), ist voll engagiert und tut alles, damit mit dem neuen Lover eine feste Beziehung entsteht. Saskia schwindelt nicht. Ihre Gefühle und ihr Drang, endlich eine dauerhafte Partnerschaft zu finden, sind echt – zumindest zu diesem Zeitpunkt.

Zweite Phase: Erste Zweifel
Sie beginnt meist nach mehreren Monaten oder einem Jahr. Saskia ist sich nun einigermaßen sicher, dass der neue Mann sie liebt. Sie merkt: Das könnte eine dauerhafte Beziehung werden; es wird ernst. Und schon überläuft sie ein Schaudern. Oft geht es gerade in dieser Phase darum, gemeinsam einen längeren Urlaub zu planen oder gar zusammenzuziehen – alles Ereignisse, die eine Partnerschaft festigen sollen. Doch Saskia verspürt den ersten Anflug von Panik. Das Verliebtsein weicht langsam dem Alltag, und Saskia beginnt, Grenzen zu ziehen. Zweifel werden wach.

Dritte Phase: Panik
Die Angst bricht durch. Obwohl zwischen Saskia und ihrem Partner noch viel Gefühl, Leidenschaft und Zuneigung besteht, obwohl er sich gerade gemütlich in der Beziehung einrichtet, will sie nur noch eines: Distanz herstellen, eine Mauer bauen. »Ich ersticke«, fühlt und denkt sie, und keiner, am wenigsten ihr Partner, versteht es.

Vierte Phase: Nichts wie weg
Die Angst und der Drang nach Freiheit werden überwältigend. Saskia weiß, was nun kommt: Manchmal verschwindet sie ohne ein Wort über Nacht, manchmal sucht sie sich einfach einen neuen Mann. In jedem Fall verhält sie sich so, dass keine Nähe mehr aufkommen kann. Der Partner kann ihre Schutzmauer nicht mehr durchdringen. Andere Beziehungsphobiker beginnen sich in dieser Phase so zu verändern, dass der Partner sie nicht mehr wieder erkennt und sich abwendet. Das Ziel ist bei allen Methoden dasselbe: Freiheit.

Tipps: Was muss ich tun?

Diese Frage müssen sich sowohl die stellen, die Angst vor tiefen Bindungen haben, als auch deren **Partner**. Für Zweitere geht es letztlich darum, ob sie eine Beziehung mit einem Menschen wie Manfred oder Saskia aushalten. Extremfälle wie Rüdiger haben, sofern sie sich nicht ändern, sowieso keine Chance auf eine feste Partnerschaft. Bei den anderen dagegen bestehen durchaus Möglichkeiten. Voraussetzung ist allerdings, dass sie lernen, ihre Ängste zu erkennen, darüber zu reden und sie zu reduzieren oder mit ihnen umzugehen. Das schafft die Basis für einen Kompromiss mit dem oder der Liebsten. Die Partner müssen dennoch fast immer Abstriche machen – denn eine ganz »normale« Beziehung ist mit den Phobikern nicht drin. Sie brauchen Spiel- und Freiraum. Das bedeutet ganz praktisch: getrennte Wohnungen, Urlaube allein und ein eigenes Leben aufbauen. Im Grunde geht es um eine Güterabwägung. Ist mir der Partner so wichtig, dass ich für ihn auf viele meiner Vorstellungen und sogar Lebensziele verzichte? Wenn Sie sich jedoch auf so eine Beziehung einlassen, dürfen Sie nie oder nur fein dosiert Druck ausüben. Denn sonst läuft der andere davon.

Auch für die **Bindungsängstlichen** gibt es Tipps. Sie dienen vor allem dem Schutz ihrer »Opfer«, aber auch ihrem eigenen Gleichgewicht. Vielleicht verbessern sie sogar die Chance für eine echte Partnerschaft.

➢ 1. Lassen Sie eine Beziehung langsam angehen; forcieren Sie nichts im ersten Überschwang. Das verschafft Ihnen Zeit zur behutsamen Annäherung und Gewöhnung. Die Nähe zwischen Ihnen wächst dosiert.

➢ 2. Machen Sie keine übereilten Versprechungen, auch, wenn Sie in dieser Phase meinen, den Mann oder die Frau fürs Leben gefunden zu haben. Je mehr Sie versprechen, desto tiefer fällt Ihr Partner hinterher. Und desto stärker setzen Sie sich selbst unter Druck.

➢ 3. Machen Sie Ihrem Partner nichts vor. Er hat ein Recht darauf, Ihre Vergangenheit und Ihre Probleme in Sachen Liebe zu kennen. Damit geben Sie ihm die Chance, schnell Nein zu sagen. Die steht ihm zu. Gleichzeitig entwickelt er eine Vorstellung davon, was auf ihn zukommen kann. Offenheit entlastet aber auch Sie vor zu großen Erwartungen.

➢ 4. Seien Sie vorsichtig mit Zukunftsplänen. Ihr Partner lässt sich darauf ein und wird, wenn Sie einen Rückzieher machen, umso mehr enttäuscht.

➢ 5. Lassen Sie Ihre Frau oder Ihren Mann an Ihren Gefühlen teilnehmen. Seien Sie offen und ehrlich, gerade wenn die Panik kommt.

➢ 6. Setzen Sie die Beziehung nur fort, wenn Sie bereit sind, an Ihren Problemen zu arbeiten.

➢ 7. Seien Sie ehrlich, wenn Sie merken, dass die Partnerschaft keine Chance hat. Der andere wird so leichter damit fertig.

10. SEX

»Im Bett ist er eine Niete!«

Einiges vorneweg: Sexualität und was damit zusammenhängt ist ein schwieriges und komplexes Thema. Alles, was ich im folgenden schreibe, ist nicht verallgemeinernd gemeint, sondern soll die Grundströmung zeigen. Außerdem nimmt dieses Kapitel die Perspektive der Frauen ein. Natürlich gibt es auch den umgekehrten Fall, dass Männer im Bett Probleme mit ihren Partnerinnen haben. Doch diese Sichtweise ist altbekannt und unzählige Male durch die Medien gegangen. Mir geht es darum, aufzuzeigen, wie unbefriedigte Sexualität entsteht, wie sie – von der Frau ausgehend – zu einer Krise führen kann und wie Paare wieder mehr Spannung, Erotik und Lust in ihre Beziehung bekommen.

Neulich klagte ein Journalist in einer Talkrunde über die Potenzpille Viagra, es wäre kein Wunder, dass die Männer schlapp machten, die Frauen stellten einfach zu hohe Anforderungen. Diesem Druck könne kein Mann standhalten. Ergo: Die Frauen bekommen – wieder einmal – den schwarzen Peter zugeschoben, wenn die Herren der Schöpfung im Bett Probleme haben.

Die Schuldzuweisung an die Adresse der Frauen hat Tradition: Früher wurde ihnen vorgeworfen, beim Geschlechtsakt das Nachthemd anzubehalten, zu langweilig, gehemmt und verklemmt zu sein, um dem Mann Lust zu verschaffen. Heute sind die Gespielinnen – glaubt man den männlichen Klagen – zu fordernd, anspruchsvoll, unersättlich, einschüchternd. In der Tat hat sich etwas geändert in Sachen Sex bei den Frauen. Sie haben tatsächlich höhere Ansprüche als früher und äußern sie auch. Und der Auserwählte muss, das gehört mit zu den zentralen Erwartungen einer modernen Eva, diesen Ansprüchen genügen. Die Wandlung in punkto Sexualität hängt einerseits mit der Liberalisierung dieses Themas zusammen. Heute wagen Frauen ihre Unlust und Unzufriedenheit zu äußern. Andererseits wissen sie aber auch einfach besser über ihren Körper Bescheid als ihre Mütter oder Großmütter und können dadurch besser einschätzen, was ihnen gut tut und was nicht. Die meisten Frauen sind im Bett fordernder geworden. Auch das stimmt sicherlich. Zum Glück. Die durchschnittliche Ehefrau des 19. Jahrhunderts ließ den Geschlechtsakt noch ohne Regung über sich ergehen. Von Orgasmen hatten die meisten Frauen damals noch nie gehört, geschweige denn sie erlebt. Sex war, und ist es auch heute noch oft, hauptsächlich zur Befriedigung der Männer da. Der neue Anspruch der Frauen heißt nicht häufigerer Sex, sondern besserer. Anders als die Debatte um Viagra suggeriert, ist nicht Impotenz das Problem in der weitaus größten Zahl der Partnerschaften, sondern mangelnde Qualität beim Spiel mit der Lust. Die schnelle, lieblose, mechanische Nummer ist es, die Frauen nicht mehr wollen. Daraus ergeben sich konkrete Erwartungen an den Partner. Sex soll nicht nur ihm Spaß machen und ihn befriedigen, sondern auch ihr und sie. Klappt das nicht, kommt es zu Schwierigkeiten in der Beziehungen. Können die, aus welchen Gründen auch immer, nicht gelöst werden und dauern fort, entsteht eine Krise. Chronische sexuelle Unzufriedenheit ist schwer über Jahre oder gar Jahrzehnte hinweg zu tolerieren. Irgendwann suchen sie oder er sich einen anderen Partner.

Sex – Ursache oder Folge von Krisen?

»Sexuelle Probleme sind doch nicht die Ursache, sondern die Folge von Krisen«, antworten viele, wenn es um dieses Thema geht. Das kann richtig sein, muss es aber nicht. Es gibt beide Möglichkeiten und darüber hinaus eine Mischung daraus. Begehrt ein Partner den anderen nicht oder nicht mehr so wie früher, weil in ihrer Beziehung etwas nicht stimmt, müssen die beiden natürlich erst ihre Schwierigkeiten beseitigen. Gelingt dies, läuft es meist auch im Bett wieder besser. Doch immer häufiger ist auch der Frust mit der Lust selbst Ursache für Partnerprobleme. Chronisch frustrierende Sexualität zieht fast automatisch chronische Unzufriedenheit nach sich – gerade in den heutigen »aufgeklärten« Zeiten. Diese Miss-Stimmung entlädt sich zunächst in diffusen Konflikten. Die Frau ist gereizt, kritisiert an ihm herum oder reagiert auf alle seine Äußerungen überempfindlich. Er kann die schlechte Laune überhaupt nicht verstehen, und selbst sie kennt oft nicht den eigentlichen Grund für ihr Verhalten. So wie bei Zoe und Hubert.

So richtig Spaß hat Zoe nie gehabt, wenn sie mit ihrem Mann im Bett war. Und irgendwie hat sie nie genau gewusst, woran das liegt. Denn sie liebt Hubert und er gefällt ihr ausnehmend gut. Er ist genau ihr Typ: dunkelhaarig mit nußbraunen Augen und einem verschmitzten Lächeln. Ein großer Lausbub mit Charme und sportlich dazu. Gleichzeitig, was seinen Beruf und seine Beziehung angeht, immer verlässlich. Zoe hatte und hat Vertrauen zu ihm und weiß, dass sie sich hundertprozentig auf Hubert verlassen kann. Aber im Bett wollte es einfach nie richtig klappen. Zwar kam Zoe hin und wieder zum Höhepunkt, doch die meiste Zeit blieb sie unbefriedigt. Es ging ihr alles zu schnell, zu mechanisch. »Wir haben nie gelacht oder es außerhalb des Schlafzimmers gemacht«, erzählt die 41-jährige heute. »Irgendwie hat mir bei Hubert immer der Kick gefehlt. Ich fühlte mich einfach nicht begehrt von ihm.«

Als dann kurz hintereinander die beiden Kinder kamen, war es ganz aus. Zoe fühlte sich in den Schwangerschaften hässlich und unansehnlich, hatte keine Lust auf Sex. Und auch nach den Geburten dauerte es Monate, bis das Paar wieder einmal miteinander schlief. Hubert schien die Abstinenz nicht viel auszumachen. Er war liebevoll zu seiner Frau und ganz verrückt nach den Kindern. Doch das Geschlechtsleben der beiden schlief nun fast gänzlich ein. Manchmal machte Zoe noch einen Vorstoß, und ihr Mann zog immer mit. Aber er selbst übernahm kaum die Initiative. Mit der Zeit wurde Zoe immer frustrierter. Wenn sie nachts im Bett lag, hatte sie Phantasien von aufregendem Sex mit anderen Männern. Und kam sich minderwertig vor. Immer wenn sie im Fernsehen eine Sendung sah, in der Frauen von sensationellem Sex erzählten, fragte sich Zoe, ob sie vielleicht nicht ganz normal sei. Gleichzeitig spürte sie, dass bei aller Vertrautheit ein Riss durch ihre Beziehung zu Hubert ging. Im Stillen machte sie ihm Vorwürfe, weil er ihre Wünsche im Bett nicht erfüllte, weil sie sich leer und unattraktiv vorkam. Gerade so, als sei sie Luft, als Frau gar nicht vorhanden. Mit der Zeit wurde Zoe klar, dass sie so nicht die nächsten Jahre und Jahrzehnte leben wollte. Doch was sollte sie tun? Schließlich erzählte sie ihrer besten Freundin Sonja davon, und die wollte als erstes wissen, wie denn Hubert auf ihre Frustration reagiere. Zoe musste gestehen, noch niemals mit Hubert darüber gesprochen zu haben, weil sie sich schäme und weil ihr die Sache peinlich sei. Doch Sonja ließ nicht locker. Und irgendwann tippte Zoe das Thema ganz vorsichtig an. Hubert fiel aus allen Wolken, konnte zuerst nicht verstehen, wo die Probleme seiner Frau lagen. Doch er nahm sie ernst und hörte zu. Ganz langsam gelang es den beiden, über ihre geheimen Wünsche zu sprechen. Zoe war erstaunt, dass Hubert so schnell einsah, welche Fehler er gemacht hatte. Er gab auch zu, dass ihn sein Job zu stark in Anspruch genommen hatte, um abends noch Lust zu haben. Die beiden beschlossen, jetzt, wo die Kinder schon fünf und sechs waren, allein in den Urlaub zu fahren. Die Idee war ein Erfolg.

Ist langweiliger, frustrierender Sex die Ursache einer Krise, hat ein Paar gute Chancen, wieder zueinander zu finden – vorausgesetzt, es hat den Mut, darüber zu sprechen, und beide wollen daran etwas ändern. Hätte Hubert entrüstet reagiert oder gar mit Vorwürfen, stünden die Chancen für das Paar schlecht. Denn beide müssen verändern wollen.

Jaquelin und Rudi wollen auch etwas verändern. Doch sie brauchen therapeutische Hilfe. Denn bei ihnen steckt mehr hinter den sexuellen Problemen als mangelnde Kommunikation, ein stressiger Job oder Unwissenheit. Die beiden leben seit fünf Jahren zusammen, und seit vier Jahren hatte sie keinen Orgasmus mehr. Meist wird sie nicht einmal erregt, weil sie stets die Befürchtung im Hinterkopf hat, wie üblich auf der Strecke zu bleiben. Ihr Problem: Rudi hat bei ihr immer einen vorzeitigen Samenerguss. Irgendwann waren beide so frustriert, dass Jaquelin vorschlug, zu einem Sexualtherapeuten zu gehen. Was dort aus ihnen heraussprudelte, hatten beide nicht erwartet. »Ich bin jetzt wirklich genervt«, erzählt Jaquelin. »Am Anfang war alles super, doch seit wir zusammenleben, haben wir nicht mehr richtig miteinander geschlafen. Es läuft immer nach demselben Schema ab. Wir schmusen ein bißchen, heizen uns gerade mal so an, er dringt in mich ein und dann geht es blitzschnell. Eh ich mich versehe, ist es schon passiert. Er rutscht raus, murmelt »sorry«, dreht sich um und schläft ein. Und ich fühle mich mies, benutzt und beschmutzt. Will ich auch einmal zu meinem Recht kommen und werde aktiv, um etwa das Vorspiel etwas zu verlängern, schlafft sein Penis prompt ab, und das war's dann.« So weit Jaquelins Klagen.

Aber auch Rudi ist verzweifelt. Er fühlt sich schuldig und weiß nicht, warum ihm das ausgerechnet bei seiner Frau, die er »doch wirklich liebt«, passiert. »Früher war ich ein ganz passabler Liebhaber«, erzählt er zunächst ganz ruhig. Doch einige Sätze weiter bricht es aus ihm heraus: »Ich kann einfach Jaquelins Druck nicht aushalten. Sie erwartet von mir, dass ich sie begehre und mich allein für ihre sexuelle Erfüllung zuständig fühle. Immer soll alles von mir ausgehen. Schon wenn ich dieses erwartungsvolle Lächeln bei ihr sehe, ist Schluss. Es ist, als ob die Lichter ausgehen.« Dann erinnert sich Rudi an den Satz, den er für sein Versagen verantwortlich macht. »Sie hat mir kurz bevor wir zusammengezogen sind, von den unbefriedigenden sexuellen Erfahrungen in ihrer vorherigen Beziehung erzählt. Und dann sagte sie: Jetzt habe ich ja dich. Du machst es mir gut. – Von da an war es aus.«

Allerdings nur bis zu ihrer Therapie. Denn dort haben Jaquelin und Rudi gelernt, Distanz zu halten und wieder miteinander zu schlafen. Und zwar so, dass es beiden Spaß macht. Sie räumten ihre Wohnung um. Jeder bekam ein eigenes Zimmer mit Bett. Dadurch hatte Rudi die Möglichkeit, sich zurückzuziehen. Er fühlte sich nicht mehr eingeengt durch ihre Erwartungen. Die Sexualtherapie begann damit, dass der Psychologe ihnen für einen Monat verbot, überhaupt miteinander ins Bett zu gehen.

Daten, Zahlen, Bedeutung

Auch wenn Fernsehen und Presse das Gegenteil suggerieren – um die Sexualität zwischen Frau und Mann ist es nach wie vor nicht sehr gut bestellt. Das belegen alle Studien der letzten Jahre quer durch alle Industrieländer. Bei mehr als der Hälfte aller Paare ist mindestens ein Partner sexuell unzufrieden. In den USA etwa wünschen sich 70 Prozent aller Frauen häufiger Geschlechtsverkehr. Sie beklagen sich, dass ihre Männer sie nicht stark genug begehren. Auch für die Bundesrepublik liegen ähnliche Zahlen vor. Diese Untersuchungen widerlegen das gängige Vorurteil, dass die Herren der Schöpfung immer nur »das eine wollen«, die Damen dagegen eigentlich gar keine rechte Lust haben und Kopfschmerzen vorschieben. Das Gegenteil ist der Fall. Die Frauen halten sich zurück, offenbar weil viele Angst haben, ihren Partner unter Druck zu setzen. Übrigens gelten diese Erhebungen nicht nur für junge Frauen, sondern auch für über 50-jährige. Sie haben nämlich, wenn sie mit jüngeren Männern liiert sind, weitaus häufiger Sex als ihre Geschlechtsgenossinnen, die mit älteren Männern zusammen sind. Und sie haben auch mehr Vergnügen dabei, erleben stärkere Lust. Übereinstimmend sagen zudem die über 40-jährigen, dass sie erst jetzt so richtig Spaß im Bett hätten. Sie wüssten, was ihnen gut täte und was sie wollten, und könnten das auch klar artikulieren. Diesen Trend der selbstbewussten Frauen über 30, für die Sex keine Kann- oder Soll-Erwartung in einer Partnerschaft ist, sondern ein Muss, belegen auch Studien zu Scheidungsgründen. In einer Erhebung des Instituts Frau und Gesellschaft in Hannover gab bereits 1990 die Hälfte aller geschiedenen Frauen unbefriedigende Sexualität als Grund oder Mitursache für die Trennung an. Das Problem ist nämlich nicht nur, dass Frauen mehr Sex wollen, sondern auch besseren, das heißt solchen, der sie befriedigt. Jede zehnte Frau so die Empirie, hatte noch nie in ihrem Leben beim Geschlechtsverkehr einen Orgasmus. Sie erleben ihn, wenn überhaupt, nur durch Onanie.

Aber auch bei vielen anderen schafft Sex mehr Unlust als Lust. Das heißt nicht, dass sich der Partner nicht bemüht. Frau und Mann sind, was ihre sexuelle Erlebnisfähigkeit angeht, unterschiedlich beschaffen. Chikagoer Wissenschaftler fanden heraus, dass der durchschnittliche Liebesakt vom Vorspiel bis zum Höhepunkt des Mannes rund zehn Minuten dauert. Drei Viertel aller Männer kommen bereits zwei Minuten nach der Penetration. Angesichts dieser Zahl ist es kein Wunder, dass die Frauen selten einen Orgasmus erleben. Denn sie brauchen – auch das fanden die Amerikaner heraus – im Schnitt zwanzig Minuten Stimulation, um zum Höhepunkt zu kommen. Der Rest ist ein Rechenspiel. Kein Wunder, dass immer öfter auch Frauen fremdgehen. Ihr Ziel dabei ist offenbar ein klassisch männliches: Sie suchen nur die sexuelle Erfüllung. Ihre Ehe oder feste Beziehung wollen sie dadurch nicht in Frage stellen.

Die Lust auf mehr Sex und der seltene Orgasmus hängen übrigens zusammen. Statistisch gesehen schlafen Paare ein- bis zweimal pro Woche miteinander. Klar, dass die Frau mehr will, wenn sie keinen Höhepunkt hat. Denn vielleicht klappt es ja beim nächsten Mal. Doch die Männer sollen hier nicht allein den schwarzen Peter erhalten. Die sexuelle Unzufriedenheit ihrer Partnerinnen ist zum Teil auch deren Schuld. Denn nicht einmal jede zweite schafft es, ihrem Mann ihre sexuellen Wünsche zu offenbaren, obwohl fast alle es gerne tun würden.

Das Dilemma ist offensichtlich: Einerseits haben Frauen hohe und sehr konkrete Erwartungen an den Geschlechtsverkehr und das Verhalten ihres Partners. Zum anderen ist mehr als die Hälfte nicht in der Lage, über ihre Wünsche zu sprechen. Hemmungen, Scham oder Ängste verhindern dies. Kleine Hinweise würden es den Männern sicher leichter machen.

Sexuelles Desinteresse – gibt es das?

Ja, ja und nochmals ja. Und vermutlich viel häufiger, als selbst der schlimmste Pessimist vermuten würde. Zwei Varianten gibt es bei sexuellem Desinteresse. Einmal Paare, zwischen denen von Anfang an wenig erotische Spannung besteht; und dann, das ist die größere Gruppe, solche, bei denen die Lust auf den anderen nach wenigen Jahren auf den Nullpunkt sinkt.

Helen und Niklas gehören zur ersten Gruppe. Beide kamen, als sie sich mit Anfang 30 kennen gelernt haben, aus äußerst stürmischen Beziehungen und wollten nur eines – einen ruhigen Hafen. Den fanden sie auch beieinander. Nach außen sind die beiden das perfekte Paar. Sie verstehen sich, führen gute Gespräche, unterstützen sich. Kurz: Sie haben ungeheuer viele Gemeinsamkeiten und Interessen. Ihre Ziele und Pläne bekommen sie problemlos unter einen Hut. Das bisschen Spannung, das in den ersten Monaten ihrer Beziehung noch bestand, ist ganz schnell einer tiefen Freundschaft und Kameradschaft gewichen. Wer die beiden Enddreißiger zusammen sieht, kann dieses harmonische, gut aussehende Paar nur bewundern. Perfekt passen sie in den bürgerlichen Rahmen. Nie geht es laut zwischen beiden zu, immer sind sie nett und höflich zueinander – einfach das ideale Paar. Auch Helen und Niklas würden dies bestätigen. Es geht ihnen gut, sie haben alles, was sie vom Leben erwarten, und dazu noch »einen Partner«, wie sie es ausdrückt, »der mir Geborgenheit gibt und Entfaltungsspielraum lässt«. Niklas schwärmt von der Harmonie, die er in seiner Partnerschaft gefunden hat, die ihm Sicherheit und Ausgeglichenheit gibt. Im Bett freilich ist bei den beiden nie viel gelaufen. Von Anfang an nicht. Das lag nicht daran, dass es nicht schön gewesen wäre. Aber irgendwie hatte der eine keine Lust auf den anderen. »Das gewisse Etwas, das die Sache prickelnd macht, hat uns immer gefehlt«, gesteht Helen. Nachdem jedoch keiner von beiden wusste, wie sie das ändern könnten, fanden sie sich damit ab. »Wir sind eben auch so glücklich«, davon waren sie überzeugt. Doch dann brachte Helen eine neue Kollegin mit nach Hause und – sie konnte es kaum glauben – Niklas flirtete nahezu hemmunglos mit dieser Frau. Schon zwei Tage später sagte er Helen, dass er ausziehen werde.

Seelische Liebe, Freundschaft, Harmonie sind wichtig zwischen Frau und Mann. Doch ohne Erotik, ohne gegenseitiges Begehren gibt es keine zutiefst befriedigende Beziehung. Denn es fehlt etwas Wichtiges. Es kann gut sein, dass Niklas mit seiner neuen Flamme nicht glücklich wird. Aber er erfährt bei ihr etwas, das zwischen ihm und Helen nicht bestand. Vertrauen und Sicherheit in einer Partnerschaft sind gut und wichtig. Werden sie aber zu übermächtig, bleibt kein Raum mehr für die erotische Anziehungskraft. Denn wir können nur begehren, was uns – zumindest ein bisschen – fremd und geheimnisvoll ist. In dieser Gratwanderung liegt die Kunst einer glücklichen Beziehung. Ein bisschen Distanz, ein wenig Risiko und Unsicherheit muss bleiben. Sonst schläft das sexuelle Interesse ein.

Vielen Paaren gelingt es nicht über die Jahre, die nötige Distanz und Fremdheit zu erhalten. Beruf, Karriere, Haushalt oder Kinder tun ihr Übriges und schon ist es vorbei mit dem Spaß im Bett. Dabei gilt die Regel: Je geringer die erotische Spannung am Beginn einer Liebesbeziehung, umso schneller flaut die Sexualität ab, bis zum Schluss nichts mehr übrig bleibt. Ein Patentrezept, um diesen Ablauf zu vermeiden oder umzukehren, gibt es nicht. Aber doch einige Möglichkeiten. Am besten sind Paare dran, die sich von Anfang an heiß begehren. Gelingt es denen, neben allen anderen Hürden, ein Körnchen Unsicherheit beizubehalten, kann es auch weiter im Bett klappen. Ist die sexuelle Anziehung über die Jahre abgeflaut, hilft nur ein radikaler Schritt. Einer muss sich rar machen, am besten ausziehen. Das ist keine Gewähr dafür, dass ein Paar wieder zusammenfindet, aber die Chancen sind, wenn alles andere stimmt, nicht schlecht. Denn durch die Trennung entsteht ein Stückchen Fremdheit und – wenn es gut geht – Sehnsucht. Damit ist der erste Schritt zu neuer Erotik getan.

Woran liegt es, wenn es im Bett nicht klappt?

Es gibt, ich habe es bereits aufgezeigt, die verschiedensten Gründe dafür, dass zwei Menschen keine befriedigende Sexualität leben. Die rein körperlichen Ursachen, die etwa durch eine Krankheit hervorgerufen werden, sollen hier außer acht gelassen werden. Aber viele vermeintlich physischen Probleme, wie zeitweise Impotenz und vorzeitiger Samenerguss, können auch einen psychischen Hintergrund haben. Meistens reagieren Männer damit, um dem großen Erwartungsdruck, unter dem sie stehen (von sich selbst verursacht oder durch die Partnerin), zu entgehen. Richtig ist sicherlich auch, dass viele Männer die Bedürfnisse ihrer Frauen nicht kennen und viele Frauen nicht einmal ihre eigenen. Unkenntnis macht Frauen zu schlechten Liebhaberinnen und Männer, bei denen oft noch eine gehörige Portion Rücksichtslosigkeit dazukommt, zu schlechten Liebhabern.

Interview

mit Dr. Paul Kochenstein, Diplompsychologe, Psycho- und Sexualtherapeut in München.

Was ist der wichtigste Grund dafür, wenn es bei einem Paar im Bett nicht klappt?

Kochenstein: Wir haben nie gelernt, mit unserem Sexualtrieb so normal umzugehen wie mit unseren anderen Trieben, etwa Hunger und Durst. Wenn zwei Menschen miteinander essen gehen, ist es ganz normal, dass sie sich darüber unterhalten, welches Gericht ihnen schmeckt und was man gerne isst. Es ist auch normal, dass der eine vom

Teller des anderen probiert. In der Sexualität haben es die meisten Menschen jedoch nicht gelernt, darüber zu kommunizieren, was sie gerne haben, wovon sie träumen oder was sie gerne einmal ausprobieren möchten. Und viele lernen es auch nie.

Woran liegt das?

Kochenstein: Es ist ein Tabubereich, der als kritisch und sensibel empfunden wird. Vor allem Männer reagieren leicht verletzt. Nehmen wir das Beispiel vorzeitiger Samenerguss, bei dem die Frau in der Regel auf der Strecke bleibt, das heißt nicht zum Orgasmus kommt. Mit der Zeit ist sie verständlicherweise genervt, kann ihn aber nicht darauf ansprechen, weil er entweder sauer reagiert oder weil sie Angst davor hat, ihn zu verletzen. Das sitzt ganz tief in uns drin. Für mich ist der Hauptfehler bei sexuellen Schwierigkeiten die mangelnde Kommunikation. Das ist der Dreh- und Angelpunkt. Wer nicht sagt, was ihm gefällt oder eben nicht, kann nicht vom Partner erwarten, dass er seine Bedürfnisse erfüllt. Das Ergebnis heißt Frustration.

Gibt es weitere wichtige Gründe?

Kochenstein: Die Menschen haben, auch bedingt durch Fernsehen und Zeitschriften, irrationale Vorstellungen über und enorm hohe Erwartungen an die Sexualität entwickelt. Männer vergleichen sich mit völlig praxisfernen Darstellungen in Pornofilmen. Der Koitus wird zum Nonplusultra hochstilisiert. Es fällt den Paaren schwer, diese irrationalen Ideen auf sich herunterzuschrauben und zu fragen: Wo stehen wir und was ist für uns sinn-, lustvoll und wichtig?

Welche Rolle spielt die Einstellung zur Sexualität?

Kochenstein: Es reicht schon, wenn einer von beiden ein restriktives Verhältnis zur Sexualität hat. Die Hemmung des einen Partners überträgt sich auf den anderen. Wenn das Paar nicht lernt, an diesem Thema zu arbeiten und eine Kommunikation aufzubauen, dann ist dieses Problem nicht zu lösen.

Warum kommen Paare zu Ihnen?

Kochenstein: Die meisten Paare kommen, weil sie sagen, wir lieben uns, wir schätzen uns, wir haben eine schöne Partnerschaft. Unser einziges Problem ist das Bett. Wenn diese Voraussetzungen erfüllt sind, lassen sich durch gezielte sexualtherapeutische Interventionen (Techniken) die meisten sexuellen Funktionsstörungen oder Schwierigkeiten in kürzester Zeit lösen. Der Therapeut gibt dem Paar dazu die Anleitung.

Was heißt in kürzester Zeit?

Kochenstein: Im Regelfall in weniger als zehn Sitzungen.

Ist es möglich, über viele Jahre eine zufriedenstellende sexuelle Beziehung zu haben?

Kochenstein: Durchaus, auch wenn die erste Attraktion, das erste Verliebtsein abgeflaut ist. Das Paar spielt sich aufeinander ein. Jeder weiß, was der andere erwartet, was ihr oder ihm Spaß macht, was zur Lust und zur Befriedigung führt, und verhält sich entsprechend. Haben zwei Menschen dazu noch gelernt, ihre Bedürfnisse zu artikulieren, kann Sex viele Jahre eine runde Sache sein.

Therapiemöglichkeiten

Es geht hier nicht darum, Therapiemöglichkeiten im einzelnen und ganz konkret aufzuzeigen, sondern um allgemeine Hinweise.

Die Sexualtherapie befasst sich mit ganz konkreten Störungen, unter denen beide Partner leiden, seien es allgemeine Unlustgefühle oder sexuelle Unzufriedenheit, bei dem einer von beiden – meist die Frau – auf der Strecke bleibt, oder um zeitweilige Impotenz und vorzeitigen Samenerguss.

Die Voraussetzungen für eine erfolgreiche Behandlung: Beide Partner müssen wirklichen Leidensdruck verspüren. Denn nur daraus entsteht der Wille und die Bereitschaft, etwas zu verändern und die Veränderungen, seien es die eigenen oder die des Partners, mitzutragen. Wichtig und unabdingbar ist außerdem, dass Frau und Mann eine positive Einstellung zueinander haben, sprich: sich lieben oder herzlich zugetan sind. Sexualtherapie ist eine Paartherapie, das heißt, der Psychologe beschäftigt sich immer mit beiden Partnern und ihrem Verhältnis zueinander.

Bei der Therapie geht es nach einer gezielten Diagnose, die von allen Seiten uneingeschränkte Offenheit und Ehrlichkeit verlangt, darum, die Sexualität eines Paares auf eine neue Ebene zu stellen. Damit sind nicht vor allem sexuelle Praktiken gemeint, sondern eine veränderte Einstellung zu diesem Bereich. Das Paar muss lernen, dass Sexualität nicht auf den Geschlechtsverkehr, die Penetration beschränkt ist, sondern es dabei um ein gegen- und wechselseitiges Geben und Nehmen geht mit dem Ziel, dem anderen Lust zu bereiten und seine eigene Lust zu befriedigen. Die Paare lernen dabei zu kommunizieren, zu agieren, ihre Bedürfnisse auszudrücken und vor allem auch, sich in ihrer Vorstellung mit Sexualität und sexuellen Phantasien zu beschäftigen. Die

Sache ist einfach: Menschen, die wenig Lust auf Sex haben, denken auch selten daran und umgekehrt. Wer oft erotische Phantasien hat, schüttet viele Sexualhormone aus. Weil dies so ist, kann sich jeder Lust »antrainieren«. Die Anweisungen der Therapeuten sind in der Regel sehr konkret und auf die individuellen Bedürfnisse zugeschnitten. Dabei kann bei einem Paar die emotionale Seite der Störungen, etwa Angst vor zu viel Nähe oder zu hohem Erwartungsdruck, im Vordergrund stehen, bei anderen dagegen das Lernen von neuen, anderen Techniken. So erhalten Paare, bei denen die Potenzstörungen des Mannes zur unbefriedigenden Sexualität führen, oft ganz konkrete Anweisungen:

1. Er darf einen Monat nicht mit seiner Partnerin schlafen.
2. Er darf in dieser Zeit nicht einmal eine Erektion haben.

Gleichzeitig können die beiden aber zärtlich zueinander sein, er kann ihr auf jede erdenkliche Art Lust verschaffen. Aber die zwei Regeln müssen beide unbedingt beachten. Die Methode ist simpel, aber sie funktioniert. Überhaupt ist die Erfolgsquote bei Sexualtherapien, wenn die oben genannten Voraussetzungen stimmen, ziemlich hoch. Noch ein Vorteil: Die Behandlung dauert meist nicht lange. Oft reichen schon fünf oder sechs Sitzungen.

Wie finde ich den richtigen Therapeuten?

Wenn Sie und Ihr Partner sich entschieden haben, bei einem Therapeuten Hilfe zu suchen, sollten Sie einiges berücksichtigen. Am besten gehen Sie zu einem ausgewiesenen Spezialisten, der folgende Kriterien erfüllt:

1. Der Therapeut sollte ausgebildeter Psychologe sein und spezialisiert auf das Gebiet der Sexualtherapie.
2. Er oder sie sollten Mitglied des Deutschen Psychotherapeutenverbandes sein.

Bevor Sie sich für einen Sexualtherapeuten entscheiden, beantworten Sie sich folgende Fragen:

1. Ist mir der Therapeut sympathisch?
2. Kann ich offen mit ihm oder ihr sprechen?
3. Kann ich Vertrauen zu ihm oder ihr haben?
4. Ist der Therapeut in der Lage, mir verständlich zu erklären, wie er uns helfen will?

Bleiben Sie nur dann bei einem Therapeuten, wenn Sie diese Fragen entschieden mit ja beantworten können. Haben Sie auch nur einen leisen Zweifel oder fühlen Sie sich nicht wohl in der Gegenwart des Psychologen, suchen Sie sich einen anderen.

Und noch ein Tipp: Lassen Sie sich nach der Diagnose und vor der Therapie genau erklären, um welche Störungen es bei Ihnen geht und wie die Behandlungsform und die dahinterstehende Theorie aussieht.

11. DIE KINDERFALLE

»Ich will nun mal kein Baby!«

Wenn Paare beschließen, zusammenzubleiben, sind sie sich meistens einig, ob sie Kinder wollen oder nicht. Diese Entscheidung gehört mit zu den wichtigsten, die zwei, die sich lieben, treffen. Denn sie bildet eine Säule der Partnerschaft. Doch Menschen ändern sich. Was, wenn Jahre später der Konsens über diese Frage nicht mehr besteht? Wenn also ein Partner ein Kind möchte und der andere partout nicht? Dann bahnt sich ein handfester Konflikt an, nicht selten versucht einer den anderen unter Druck zu setzen. Manche Frau mit Kinderwunsch gibt auch der Versuchung nach und stellt den Partner vor vollendete Tatsachen, in der Hoffnung, er werde sich schon an seine Vaterrolle gewöhnen. Doch beide Varianten können böse Folgen haben, wie das Beispiel von Susi und David zeigt.

Beide sind das, was wir als Yuppies bezeichnen. Sie stammen aus wohlhabenden Familien, haben studiert und hinterher erst einmal das Leben genossen. Als sie sich auf einer Vernissage kennen lernten, waren beide Ende zwanzig. Susi führte die erfolgreiche Werbeagentur ihres Vaters und David leitete bereits das Familienunternehmen.

Ihre Liebesgeschichte begann vielversprechend: Sie verstanden sich, hatten Spaß miteinander, kannten dieselben Leute und betrieben die gleichen Hobbys, ja, sie hatten sogar im selben Monat Geburtstag. Als sie sich zur Heirat entschlossen, waren sich beide einig: Wir wollen ein Kind, aber wirklich nur eines. »Das bringe ich noch locker in meinem Sportauto unter«, scherzte David bei

Freunden. Und Susi erzählte jedem, dass sie unbedingt weiter die Werbeagentur führen wolle. Ihre Hochzeit war ein gesellschaftliches Ereignis, und ihre Dachterrassenwohnung in der Altstadt ließ so manchen vor Neid erblassen. Zehn Monate später kam ihr kleiner Sohn zur Welt. Alles perfekt. Jeder konnte den beiden ansehen, dass sie mit sich und ihrer Welt rundherum zufrieden waren. Doch dann – ihr Sohn war gerade zwei Jahre geworden -, stellte Susi fest, dass sie wieder schwanger war, ein »Unfall«. Der Schock war für das Paar ungeheuer. Von Abtreibung wollte Susi nichts wissen, so sehr David auch auf sie einredete. Die zweite Schwangerschaft wurde für beide zur Qual. Einer mäkelte am anderen herum. Irgendwie hatten sie den Boden unter den Füßen verloren. Als die kleine Maxime geboren war, schien sich die Situation allmählich zu beruhigen. Unter Freunden flappste David allerdings schon mal, dass ihn die Windeln und das Kindergeschrei anödeten. Jeder konnte sehen, dass er nicht so ganz glücklich war. Aber er schien sich – wenn auch widerwillig – in sein Schicksal zu fügen. Anders bei Susi. Sie hatte in der Zeit nach Maximes Geburt auf einmal umgeschaltet, fand mehr und mehr Geschmack am Muttersein. Und an einem Abend kurz nach dem ersten Geburtstag ihres Töchterchens überraschte sie David mit der Ankündigung, dass sie noch mehr Kinder wolle. David war fassungslos, wehrte sich mit Händen und Füßen. Er wollte kein Kind mehr und sagte das auch unmissverständlich. Die Freunde der beiden begannen bald Witze über den Streit des Paares zu reißen, nahmen vor allem David auf den Arm: »Dein Sportauto kannst Du jetzt verkaufen.« Er ließ sich die Witzeleien grinsend gefallen. Doch ihm war es mit seinem Widerstand gegen weiteren Nachwuchs ebenso ernst wie Susi mit ihrem Kinderwunsch.

Sie ging methodisch vor. Zunächst suchte sie ein Haus im Grünen. Am Tag des Umzuges teilte sie ihm freudestrahlend mit, dass sie wieder schwanger sei, diesmal mit

Zwillingen! Er fühlte sich hintergangen, ja ausgetrickst und reagierte knallhart. Weder bei der Schwangerschaftsgymnastik noch bei der Geburt war David dabei. Er zog sich vollkommen von seiner Frau zurück und richtete sich im neuen Haus einen eigenen Wohnbereich ein. »Ich wollte eine Frau und ein Kind, eine schicke Wohnung mitten in der Stadt und Spaß«, sagte er immer wieder. »Und jetzt habe ich eine Familie mit vier Kindern und lebe in einer netten Villa im Grünen unter lauter Spießern. So habe ich mir mein Leben nicht vorgestellt.«

Doch das war es nicht allein, was David störte. Susi hatte sich auch verändert. Von der professionellen, quicklebendigen Karrierefrau, die er so geliebt hatte, war nicht mehr viel übrig. Susi engagierte sich nun im Kindergarten und in der Schule, besuchte Kurse über »Basteln für Kinder«. In die Werbeagentur ging sie nur noch stundenweise. Ihr Nachwuchs war zu ihrem Lebensinhalt geworden. Sie hatte nur ein Problem: Im Verlauf dieser Entwicklung hatte sie ihren Mann verloren. Denn David wollte immer noch dasselbe wie zehn Jahre davor und konnte sich mit der neuen Situation nicht abfinden. Seit drei Jahren leben die beiden nun so und wissen doch, dass sich etwas ändern muss. Doch was? Die Kinder sind da, die Tatsachen geschaffen. Und David spielt immer häufiger mit dem Gedanken, seine Familie zu verlassen und sich ein schickes Appartement zu nehmen.

Eines zeigt der Fall von Susi und David: Beim Kinderkriegen gibt es keine Kompromisse nach dem Motto: »Lass uns doch mal ein Baby machen, dann werden wir schon sehen.« Hinter dem Ja zum Kind müssen Frau und Mann voll und ganz stehen. Was aber, wenn sich ein Paar von Herzen liebt, einzig und allein in der Kinderfrage uneins ist?

Meist steckt hinter solchen Auseinandersetzungen mehr, als zunächst scheint. Denn es geht um Lebensentwürfe, um die Frage: Gehören für mich Kinder zum

Glück und zu meinem Leben dazu oder nicht? Diese Frage beantworten, wie bereits gesagt, die meisten Paare sehr früh in ihrer Beziehung. Und nur dann, wenn sie sich einig sind, kommt es oftmals überhaupt erst zu einer ernsthaften Partnerschaft, ob als Ehe oder Lebensgemeinschaft spielt, dabei keine Rolle. Ausnahmen bestätigen wie immer die Regel. Nun sind aber Beziehungen nicht statisch – und sollten es um Himmels willen auch nicht sein. Frau und Mann entwickeln sich, und einige Jahre nach dem Jawort ist auf einmal die Antwort auf die Frage »Kind ja oder nein?« nicht mehr so einfach. Der Konsens geht verloren, und nun gilt es – fast wie im Geschäftsleben –, neu zu verhandeln.

Genau in dieser Situation befanden sich Vera und Martin. Ihre Geschichte ist sozusagen die klassische Variante. Von Anfang ihrer Beziehung an waren sie sich einig: Wir wollen keine Kinder. Die damals 26-jährige arbeitete als Sozialarbeiterin. In ihrem Beruf hatte sie viel mit Kindern in Obdachlosensiedlungen zu tun. »Es gibt so viele verkorkste Jungen und Mädchen«, sagte sie immer. »Ich muss keine eigenen Kinder haben. Ich helfe lieber denen, die schon auf der Welt sind.« Und Martin? Der 15 Jahre ältere Arzt hatte, als sich die beiden verliebten, bereits eine gescheiterte Ehe hinter sich und einen fast erwachsenen Sohn. »Ich habe schon ein Kind, ich brauche keines mehr«, war sein Standpunkt. Alles lief prächtig die ersten Jahre. Doch so um Veras dreißigsten Geburtstag herum änderte sich ihre Einstellung zu eigenem Nachwuchs. Kein Wunder! Nach und nach bekamen ihre Freundinnen Babys. Den Anfang machte Veras zwei Jahre ältere Schwester. Die Sozialarbeiterin freute sich über ihre kleine Nichte und stellte erstaunt fest, dass sie das kleine Wesen nicht unberührt ließ. Am Abend ihres Besuches auf der Neugeborenenstation des Krankenhauses schwärmte sie Martin vor, wie gut das Baby gerochen hatte und wie viel Wärme und Zuneigung in ihr aufgestiegen seien, als sie das winzige Mädchen in ihrem Arm gehalten hatte. Ihr Mann gab nur ein undefinierbares Knurren von sich. Zunächst blieb alles beim Alten. Vera dachte – noch – nicht viel über ein eigenes Kind nach. Doch es blieb im Freundeskreis nicht bei dem einen Baby. Als schließlich ihre älteste Freundin Claudia, die immer nur mit leisem Spott über das Familienglück anderer gesprochen hatte, schwanger wurde, geriet Veras Überzeugung ins Wanken. Was sollte das eigentlich für ein Leben werden, ohne ein Kind, das ganz zu ihr gehörte? Was würden Martin und sie in zehn Jahren tun? Ging es dann Weihnachten nur noch darum, ob sie besser auf die Malediven fliegen oder zum Skifahren gehen würden? Vera, inzwischen 34, spürte, dass sie auch ein Baby wollte. Zunächst sprach sie aber nicht mit Martin über ihre Sinnesänderung, sondern mit Claudia. Und die teilte ihr unverblümt mit, dass sie schnell zu einer Entscheidung kommen müsse. »Schließlich tickt deine biologische Uhr. Beeile dich, denn sonst ist es zu spät.« Martin starrte seine Lebensgefährtin völlig entgeistert an, als sie ihn vorsichtig fragte, ob sie nicht doch noch einmal über ein Baby nachdenken sollten. »Nie und nimmer, die Sache haben wir doch schon vor Jahren geklärt«, antwortete er. »Wir waren uns doch einig. Woher kommt auf einmal deine Sinnesänderung?« Von einem Moment zum anderen brach eine wahre Sturzflut aus Vera hervor. Stunden erzählte sie ihm, wie sie sich verändert hatte; was sie empfinde, wenn sie heute eine Schwangere oder ein Baby sehe; und wie wichtig es für ihr weiteres Leben sei, ob sie ein Kind bekomme oder nicht. Martin hört lange schweigend zu. Er versuchte, sie zu verstehen. Am Ende dieses Abends sagte er, dass er erst mal nachdenken müsse.

Die beiden führten noch viele Gespräche, gestanden sich ihre Ängste und Sehnsüchte, kamen sich dabei immer näher. Martin, der wusste, wie sehr ein Kind eine Beziehung durcheinanderwirbelt, erzählte ihr von den durchwachten Nächten, von stundenlang schreienden

Babys und davon, dass Kinos und nette Abende in Kneipen dann erst mal vorbei seien. Und er gestand ihr, dass er sich mit seinen 49 Jahren ziemlich alt für einen solchen Neuanfang fühle. Vera hielt dagegen, dass Anthony Quinn und Charly Chaplin mit achzig noch Vater geworden seien. Sie sagte ihm auch, dass sie nicht wüsste, ob sie bei ihm bleiben würde, wenn er Nein zu einem Kind sage. Vera erschrak selbst über diese Äußerung. Aber im selben Moment wusste sie, dass sie wahr war. Beide machten sich ihre Entscheidung nicht leicht, denn schließlich liebten sie sich und verstanden sich ausgezeichnet. Vor allem Martin dachte viel darüber nach, wie sein Leben in den nächsten zwanzig Jahren aussehen solle. Und schließlich stimmte er zu. Übrigens, die beiden haben immer noch kein Kind. Es klappt einfach nicht. Doch ihre Beziehung ist intensiver geworden.

Früher gab es dieses Problem nicht

Die bewusste Entscheidung für oder gegen Kinder haben wir noch nicht lange. Wir verdanken diese Möglichkeit zum einen effektiver und verträglicher Empfängnisverhütung. Noch die Generation unserer Mütter und Großmütter musste in vielen Fällen diese Frage dem Zufall überlassen. Aber ebenso wie der medizinische Fortschritt spielen gesellschaftliche Veränderungen eine entscheidende Rolle bei der Wahlfreiheit. Früher waren Ehen vor allem Zweckgemeinschaften, die die Versorgung der Frauen sicherstellten. Wovon sollten sie schließlich leben – ohne vernünftige Ausbildung in einer von Männern dominierten und regierten Welt? Also heirateten sie und gaben dem Mann, als Gegenleistung sozusagen, Kinder. Fragen kamen nicht oder nur unter der Hand und mit schlechtem Gewissen auf. Die Emanzipation, der wirtschaftliche und industrielle Fortschritt hat uns Frauen frei gemacht. Nun aber müssen wir auch entscheiden – für uns allein und mit dem Partner. Das hat ganz sicher enorme Vorteile, aber es ist eben auch unbequem und anstrengend.

Ilona und Jörg

Von Anfang an war für Ilona und Jörg eines klar: Wir wollen Kinder, am besten einen ganzen Stall voll. Die beiden haben jung geheiratet. Ilona war gerade einmal 22 Jahre alt und hatte eben erst ihre Ausbildung als Stewardess beendet. Jörg arbeitete mit seinen 27 Jahren als Programmierer und sah für sich in dem mittelständischen Unternehmen, in dem er tätig war, eine solide Zukunft. »Wir genießen jetzt erst einmal einige Jahre unsere Zweisamkeit, gönnen uns was und dann kommen die Kinder an die Reihe.« So sah die Planung der beiden aus.

Die ersten fünf Jahre waren Ilona und Jörg einfach nur glücklich. Sie hatten in der kleinen Stadt nahe Frankfurt viele Freunde, spielten Tennis und gingen im Sommer mit einer großen, lustigen Clique zum Surfen und Wandern. Jörg kam in seiner Firma stetig voran, hatte Spaß an seiner Arbeit. Ilona flog zunächst nur auf Routen in Deutschland und blieb höchstens eine Nacht in einer anderen Stadt. »Diese Trennungen tun uns gut, halten unsere Liebe frisch«, fanden beide. Doch dann wurde Ilona auf Intercontinentalflüge versetzt, kam in der ganzen Welt herum und genoss es. Schließlich arbeitete sie als Purser, als Verantwortliche für das Bordpersonal. Nun, mit Ende zwanzig, fühlte sich Ilona beruflich erstmals richtig ernst genommen. Sie gehörte zu den erfahrenen Mitarbeitern der Luftlinie, ihre Vorgesetzten zogen sie immer wieder bei kritischen Fragen oder anstehenden Veränderungen hinzu. Fast unbemerkt, auch für sie selbst, veränderte sich Ilona, sah ihren Beruf anders als früher. Nun ging es ihr nicht mehr nur um Spaß und Geldverdienen. Sie nahm ihren Job ernst. Und als ihr Chef sie fragte, ob sie nicht als Ausbilderin für das Flugpersonal der gesamten Airline einsteigen wolle, sagte Ilona enthusiastisch zu. Aus der Stewardess, die sich die Zeit vertrieb, bis sie Kinder bekam, war eine Karrierefrau geworden, in deren Leben kein Platz für ein Baby ist.

Und nun drohte der große Knall! Jörg nämlich drängte immer mehr auf Nachwuchs. Er wollte endlich ein Kind, fühlte sich genau im richtigen Alter für die Vaterrolle. Seine Kollegen und Freunde hatten bereits Kinder oder steckten mitten in der Familienplanung. Nur Ilona zögerte, redete sich heraus. Zunächst schob sie die weiten Flugreisen vor, die sie noch genießen wolle, sagte, dass sie Angst davor habe, wie sehr ein Baby ihr Leben verändern würde. Sie wollte ihren Beruf nicht aufgeben, der ihr immer mehr bedeutete, konnte dies aber anfangs nicht zugeben. Halbherzig setzte die junge Frau die Pille ab und hatte eine panische Angst davor, schwanger zu werden. Ihr Mann dagegen redete von nichts anderem mehr, malte sich und ihr in den buntesten Farben aus, wie schön es zu dritt sein würde.

Als Ilona Jörg von dem Angebot erzählte und von ihrer Absicht, den Job als Ausbilderin auf jeden Fall anzunehmen, rastete er total aus: »Das erlaube ich nicht«, schrie er sie an. »Du bringst mein ganzes Leben durcheinander«. Er tobte und drohte. So hatte Ilona ihren Mann in all den Jahren nicht erlebt. Doch sie reagierte zu ihrer eigenen Überraschung völlig kühl. Erst an diesem Abend wurde ihr bewusst, dass sie bereits Abschied von dem Gedanken an Kinder genommen hatte. Und je mehr sie ihm klar machte, dass sie ihren Weg gehen würde – zur Not auch ohne ihn – desto kleinlauter wurde Jörg. »Ich will dich nicht verlieren«, flehte er seine Frau an. »Lass uns noch mal über alles reden.« Er konnte einfach nicht verstehen, dass Ilona mehr wollte als ein ruhiges Familienleben, mit Freunden grillen und wandern. Er konnte nicht verstehen, dass sich seine Frau eingesperrt und eingeengt fühlte. Und weil Jörg das alles nicht nachvollziehen konnte, versuchte er sie immer mehr an sich zu binden und engte Ilona dadurch noch mehr ein. Sie empfand ihren Mann als Hindernis bei der Verwirklichung ihrer Ziele und Wünsche. Auf einmal wusste Ilona nicht mehr, warum sie Jörg geheiratete hatte. Sie konnte ihren Widerwillen nicht mehr unterdrücken.

Die Lösung: keine leichte Entscheidung

Grundsätzlich gilt: Bei der Frage: »Kind ja oder nein?« gibt es, wie bereits erwähnt, keinen Kompromiss. Niemand kann ein bißchen schwanger werden und nur ein Teilzeitkind auf die Welt bringen. Und wenn einer »nachgibt«? Auch das ist bei einem solch gravierenden Thema äußerst problematisch: Wer dem anderen zuliebe auf ein Kind verzichtet, wird dies unbewusst immer mit sich herumtragen. Gerät die Beziehung dann in eine andere Krise, wird das Kinderproblem oft wieder aufgewärmt – nach dem Motto: Ich habe für dich auf ein Kind verzichtet, nun musst du mir in diesem Punkt entgegenkommen. Der Verzicht wird zum Machtinstrument. Auch umgekehrt kann es zu Schwierigkeiten kommen. Der Nachwuchs ist in fast allen Partnerschaften hin und wieder Anlass für Streit und Probleme. Was, wenn dann der Mann, der kein Baby wollte, sich zurückzieht und sagt: »Du wolltest doch das Kind unbedingt. Dann werde auch allein damit fertig.« Glücklich kann mit so einer Situation niemand werden.

Deshalb müssen sich die Partner in der Kinderfalle zunächst ehrlich und selbstkritisch prüfen: Warum will ich ein Kind? Ist es mir wirklich ernst mit diesem Wunsch? Gehören Kinder zu meinem Leben unbedingt dazu? Erst dann kann eine konsequente Entscheidung fallen. Denn alle Liebe hilft nichts, wenn Frau und Mann unterschiedliche Lebensziele haben. Im Fall von Ilona und Jörg heißt das: Wenn für Ilona ihr Job und ihre Karriere eine so wichtige Rolle spielen, dass sie darauf unter keinen Umständen verzichten will, muss sie das klar sagen und danach handeln. Umgekehrt: Gehören für Jörg Kinder und Familie zu seinem Leben dazu, kann er sich keine Zukunft allein mit Ilona vorstellen, müssen sich die beiden trennen. Daran führt kein Weg vorbei.

Doch so drastisch stellt sich die Wahl von Paaren in der Kinderfalle nicht immer dar. Die Krise muss sich nicht zwangsläufig derart zuspitzen. Das kann ein Paar verhindern, indem es sich gemeinsam entwickelt und den anderen an der eigenen Entwicklung teilhaben läßt. Die Voraussetzung: Beide müssen oft und ausgiebig über neue Erfahrungen, ihren Alltag und ihre Wünsche, ihre Erfolge und Misserfolge reden. Ilona hat ihren Mann offenbar nicht teilhaben lassen an ihrer beruflichen Entwicklung. So konnte sich Jörg über Jahre in dem Glauben wiegen alles sei beim Alten. Er merkte einfach nicht klar und deutlich, dass sich seine Frau veränderte und neue Wege ging. Wie sollte er dann Verständnis für ihre Entscheidung aufbringen? Vielleicht hätte sich die Krise der beiden niemals so zugespitzt, wenn Jörg Ilonas Entwicklung direkt miterlebt hätte. Vielleicht hätte er nicht nur Verständnis für sie entwickeln können, sondern auch Anregungen für sein eigenes Leben daraus gezogen. Vielleicht hätten die beiden auch gemeinsam zu den Entschluss kommen können, noch einige Jahre mit dem Nachwuchs zu warten.

Niemand hat eine Garantie dafür, dass sich Frau und Mann in einer Beziehung parallel entwickeln, und niemand hat eine Garantie dafür, dass sich der andere für den neuen Weg des Partners erwärmen kann. Den Versuch ist es aber jedenfalls wert, schon um solchen äußerst belastenden Krisen vorzubeugen und sie zu vermeiden.

Tipps – Wie soll ich mich verhalten?

Freiräume machen eine Beziehung lebendig, Angst hemmt die Partner. Menschen verändern sich nie oder selten gleichzeitig. Folgende Tipps helfen, sich gegenseitig auf dem Laufenden zu halten.

Wenn Sie auf der Suche sind:

- Formulieren Sie Ihre Lebensziele.
- Reden Sie mit Ihrem Partner über Ihre Pläne, lassen Sie ihn teilhaben.
- Überfahren Sie Ihren Partner nicht.
- Lassen Sie ihm Zeit, sich an Veränderungen zu gewöhnen.
- Sprechen Sie über Ihre Gefühle und hören Sie sich seine an.
- Suchen Sie schon früh nach möglichen gemeinsamen Zielen.

Wenn sich Ihr Partner gerade verändert:

- Engen Sie Ihren Partner nicht ein, lassen Sie ihn los.
- Schenken Sie Ihrem Partner Vertrauen. Misstrauen und Skepsis stören Ihre Beziehung und vernichten alle guten Ansätze.
- Hören Sie genau zu. Vielleicht finden Sie seine Ideen interessant.
- Versuchen Sie, Ihren Partner zu verstehen.
- Unterstützen Sie Ihren Partner. Auch Sie können davon profitieren.
- Denken Sie doch einmal über Ihre eigenen Ziele und Lebenswünsche nach.

All diese Ratschläge helfen vor allem, gravierende Konflikte wie bei der Kinderfrage zu *vermeiden.* Ist die Situation bereits eingetreten, kann ein Paar nur einen Ausweg finden, wenn es offen miteinander spricht. Denn beide müssen folgende Fragen klären:

- Warum will der eine Partner unbedingt ein Kind?
- Warum will der andere nicht? (Hier können etwa auch Angst vor der Verantwortung oder vor finanziellen Belastungen eine Rolle spielen.)

Am Ende dieser Gespräche sollte klar sein, wie sich beide entscheiden (prinzipiell ja oder nein) und welche Konsequenzen das für die Beziehung hat. Selbstverständlich kann sich das Paar auch auf einen Aufschub als – vorläufige – Lösung einigen, sofern beide dazu bereit sind und dies auch aus zeitlichen Gründen (biologische Uhr!) möglich ist. Unentbehrlich ist dabei unbedingte Ehrlichkeit. Vertrösten Sie Ihren Partner nicht, wenn Ihre Entscheidung gegen Kinder eigentlich feststeht. Das tut ihm weh und lässt ihm nicht die Chance, sich neu zu orientieren.

Und auch wenn es kinderwilligen Frauen immer wieder geraten wird: Stellen Sie Ihren Mann nicht vor vollendete Tatsachen nach dem Motto: »Das war ein Unfall.« Dadurch bekommen Sie vielleicht das Kind, das Sie sich so sehr wünschen, verlieren dabei aber das Vertrauen Ihres Partners. Damit fügen Sie Ihrer Beziehung und Ihrem Kind nicht wiedergutzumachenden Schaden zu.

12. KARRIERE

»Ich bin erfolgreicher als er«

Die Frauen haben sich gemausert. Noch vor dreißig Jahren hingebungsvolle, treusorgende Ehefrauen; heute selbstbewusste, selbstständige und unabhängige Menschen, die sich kein X für ein U vormachen lassen. Der soziale Wandel in unserer Gesellschaft war und ist in vielen Bereichen enorm. Doch nichts hat die Position der Frauen so dramatisch verändert wie ihre Berufstätigkeit. Schritt für Schritt von der allgemeinen Schulpflicht über die Öffnung der Universitäten für weibliche Studenten, vom Wahlrecht bis hin zur Festschreibung der Gleichberechtigung im Grundgesetz eroberten sich die Frauen Freiheit und Unabhängigkeit. Nicht zu vergessen die moderne Geburtenkontrolle. Denn Antibabypille und Co haben entscheidend mit zur Emanzipation der Frauen beigetragen. Heute lernen die meisten Mädchen einen Beruf und sind darin erfolgreich.

Wozu dieser ganze Exkurs? Nun, dieser soziale Wandel hat nicht nur das Leben der Frauen verändert, sondern auch das der Männer. Und gerade zweitere kommen nicht immer gut damit zurecht. Vor allem dann nicht, wenn es ihre Partnerinnen sind, die Karriere machen und sie sogar überflügeln. Dann brechen auf einmal überkommene Vorstellungen hervor. Der Mann sieht sich nicht nur in Konkurrenz zu seinen Geschlechtsgenossen oder zu Kolleginnen, nein, auch zu Hause hat er eventuell eine Frau, die es im Beruf weiter gebracht hat als er. Das ist für die meisten Männer bitter und schwer zu ertragen. Und ehe sich ein Paar versieht, steckt es mitten in einer schweren Krise. Wie Anja und Cornelius.

Sie haben sich vor acht Jahren in einem Chemieunternehmen kennen gelernt. Anja, damals 22, arbeitete dort als Laborantin, der 25-jährige Cornelius als Techniker. Geheiratet haben sie zwei Jahre danach. Ihre Ehe lief bestens, bis sich Anja entschloss, das Abitur nachzuholen. Ihr Mann konnte nicht verstehen, warum sie sich neben dem Job diese Arbeit antun wollte. »Uns geht es doch hervorragend«, sagte er. »Wir haben unsere eigene Wohnung, verdienen gut und führen ein schönes Leben.« Als Anja auf ihrem Plan beharrte, tat er es als eine ihrer Launen ab. Im Stillen ging er davon aus, dass sie schnell die Lust verlieren würde. Doch er hatte sich geirrt. Mit Feuereifer stürzte sich Anja in die Arbeit, ging dreimal in der Woche abends in die Schule und saß oft nächtelang am Schreibtisch, um zu lernen. Cornelius nörgelte zwar, wenn sie wieder einmal nicht mit zum Kegeln kommen wollte, weil sie sich auf eine Prüfung vorbereiten musste. Doch ein bisschen war er auch stolz auf seine ehrgeizige Frau. Damit war es allerdings vorbei, als Anja nach dem bestandenen Abitur Chemie studieren wollte. Wutentbrannt stand er ihr an jenem Abend gegenüber. »Ich lasse es nicht zu, dass du studierst«, schrie er. »Von mir bekommst du keinen Pfennig, nur damit du dich an der Uni rumtreiben kannst.« Die stille Anja blieb hartnäckig, ließ sich nicht von ihren Plänen abbringen. Fast kalt sagte sie ihm: »Ich brauche kein Geld von dir, schließlich habe ich genug gespart. Und du kannst mir überhaupt nichts verbieten. Diese Zeiten sind Gott sei Dank vorbei.« Dann ließ Cornelius den verräterischen Satz fallen: »Du machst das doch alles nur, damit du in unserer Ehe die Hosen anhast. Aber das lasse ich nicht zu.« Anja wurde klar, warum ihr Mann so vehement und aufgeregt reagierte. Er hatte nämlich nicht studiert, sondern nach dem Abitur eine Fachschule besucht. Cornelius hatte Angst. Sein tief in ihm verankertes Weltbild vom starken, überlegenen Mann und der schwachen, anlehnungsbedürftigen Frau ging in die Brüche. Und er schlug wie ein Ertrinkender um sich.

Solche Fälle gibt es heute – noch – nicht allzu viele. Aber es werden ständig mehr. Die Regel ist immer noch, dass der Mann die bessere Ausbildung hat und den qualifizierteren Job. Selbst unter Akademikerpaaren bleiben viele Frauen, gerade wenn Kinder kommen, zu Hause oder arbeiten nur noch Teilzeit. Mit diesen Mustern kommen Männer gemeinhin gut zurecht. Denn sie kratzen nicht an ihrer Rolle und auch nicht an ihrem Selbstbewusstsein. Gerade noch akzeptabel ist es für die meisten, wenn beide dieselbe Position haben. Doch in dem Moment, in dem sie an ihm vorbeizieht, wird es für die meisten Männer problematisch.

Kerstin und Robert

»Alles begann, als ich den Werbeetat unseres neuen Großkunden übertragen bekam«, erzählt die 35-jährige Kerstin. Sie und ihr Mann Robert arbeiten in einer der führenden Werbeagenturen Deutschlands – er als Abteilungsleiter, sie als Projektleiterin. Beide sind studierte Betriebswirte und hatten sich während des Studiums auf Marketing spezialisiert. Als Kerstin vor fünf Jahren von einer kleinen Agentur in die neue Firma wechselte, war der vier Jahre ältere Robert dort schon ein alter Hase. Gleich an ihrem ersten Arbeitstag verliebten sie sich ineinander und sind seitdem zusammen. »Unser Leben war Glück und Harmonie«, sagt sie. »Wir passen in allem zusammen; haben ähnliche Interessen, lachen über dieselben Dinge, kurz: alles schien perfekt.« Doch das hat sich von einem Tag auf den anderen geändert. Alles, was früher schön war, gilt heute nichts mehr. Jäh und unbarmherzig wurde Kerstin aus ihrem Wolkenkuckucksheim gerissen. »Robert kritisiert mich von morgens bis abends. Wo er nur kann, macht er mich runter«, erzählt sie. »Früher hatten wir Spaß im Bett, liebten uns auch mal nachmittags in der Küche. Heute sagt er, ich sei eine Null auf diesem Gebiet und mache ihn nicht mehr an. Meine Kleider, die er früher sexy fand, nennt er ordinär und mein Auftreten provokant. Früher hat er meine Kochkünste gelobt, jetzt ist der Salat versalzen und chinesisches Essen (einmal unsere Lieblingsspeise) hängt ihm zum Halse heraus.« Robert macht seine Lebensgefährtin nieder, versucht, ihr Selbstbewusstsein zu zerstören und sie zu erniedrigen. Dazu benutzt er nicht nur unfaire und bösartige Kritik, er blendet sie auch konsequent aus seinem Leben aus. Die Hausarbeit, die sie immer gemeinsam erledigt hatten, ist heute »Frauensache«. Tennisspielen oder Skiausflüge hat er gestrichen. Keine Lust. Jeden Versuch Kerstins, mit ihm über diese Wandlung zu reden, lässt er an sich abprallen. Wenn seine verzweifelte Frau ihn schluchzend um Erklärungen bittet, verlässt er ungerührt lächelnd das Zimmer. Auch in der Agentur hat sich sein Verhalten grundlegend geändert. Er kritisiert sie in den gemeinsamen Besprechungen nicht offen, sondern gibt Kerstin durch herabsetzende, ironische Bemerkungen der Lächerlichkeit preis. Die 35-jährige weiß nicht mehr ein noch aus. Sie arbeitet immer mehr, sieht schlecht aus, hat abgenommen und wirkt jeden Tag mehr verunsichert. Freunde sehen entsetzt ihrer Veränderung zu. Das Schlimmste für Kerstin war, dass sie den Grund für Roberts Verhalten nicht verstand. Erleuchtung brachte ihr eine Freundin. Bei einem Abendessen sagte sie: »Merkst du denn nicht, der liebe Robert erträgt deinen beruflichen Erfolg nicht. Er ist eifersüchtig!« Kerstin konnte es zunächst nicht glauben. Doch je länger sie darüber nachdachte, desto klarer wurde ihr, dass die Freundin Recht hatte. Doch was sollte sie tun? Noch einmal versuchen, mit Robert zu reden? Den Job wechseln, um ihre Beziehung zu retten? Wollte sie das überhaupt noch, nachdem Robert sie so tief verletzt hatte?

Hintergrund: Von überkommenen Rollenklischees

Ach, waren das noch Zeiten! Mädchen zogen nicht mit 18 Jahren von zu Hause aus, sondern wohnten bis zur Hochzeit brav bei den Eltern. Den Zukünftigen trafen sie in der Tanzschule oder bei privaten Veranstaltungen. Nach der Hochzeit zogen sie von einer Abhängigkeit in die nächste und verbrachten ihr Leben damit, die Kinder groß zu ziehen und den Gatten zu umsorgen. Ihre Bestimmung waren die berühmt-berüchtigten drei K – Kinder, Küche, Kirche. Er lebte außer Haus und dominierte zu Hause. Mag sein, dass es solche Fälle auch heute noch gibt. Doch sie sind sicher nicht mehr die Regel. Erwerbstätigkeit der Frau, auch während der Ehe, ist alltäglich. Und selbst solche Frauen, die – sind erst einmal Kinder da – daheim bleiben, gehen wieder arbeiten, wenn der Nachwuchs aus dem Gröbsten raus ist – sei es auch nur halbtags. So sieht es in den meisten, doch nicht in allen Beziehungen mit Kindern aus. Der Mann hat seine Rolle als Versorger behalten, auch wenn sie nicht mehr so stark zum Tragen kommt wie in den Zeiten unserer Großmütter. Ganz anders die Situation in Partnerschaften ohne Kinder. Hier arbeiten nahezu immer beide. Und diese Paare sind auch besonders anfällig für die Karrierekrise. Frauen sind nun mal gut in ihren Jobs, und leicht kann es geschehen, dass sie ihre Männer überholen. Die haben dann zu kämpfen. Denn es geht nicht nur um ein angeknackstes Selbstbewusstsein, wenn die Partnerin auf einmal Abteilungsleiterin wird, während er immer noch als einfacher Sachbearbeiter tätig ist. Es geht um viel mehr, nämlich um überkommene Rollenklischees, die fest verankert in unserem Bewusstsein sind. Frauen können sich daraus leichter befreien, denn sie gewinnen. Männer dagegen sehen zunächst nur, was sie verlieren. Seit Jahrtausenden ist es der Mann, der als Ernährer für die Familie sorgt oder besser gesorgt hat und dafür bewundert und anerkannt wurde. Aus dieser Rolle bezog er seine Identität. Mit einer erfolgreicheren Partnerin an seiner Seite erleben nun viele Männer, vor allem solche mit geringerem Selbstbewusstsein, Tag für Tag ihre eigene Unzulänglichkeit. Selbst wenn die Frauen ihren Partnern nicht das Gefühl geben, weniger erfolgreich zu sein, leiden die Männer daran, nicht mehr ihren eigenen Ansprüchen gerecht zu werden. Wichtige Ideale gehen verloren. Die Männerwelt ist heute durch die Emanzipation der Frauen in eine Identitätskrise geraten. Stellen sich Frauen heute die Frage, was sie von einem Partner erwarten, fällt die Antwort ganz anders aus als noch vor einigen Jahrzehnten. Um Versorgung oder Schutz kann es nicht mehr gehen. Auch Statusfragen verlieren immer mehr an Bedeutung. Als Antwort kommt oft eine Aufstellung an Eigenschaften, die nicht einmal Supermann erfüllen könnte, oder es fällt uns außer dem Wörtchen Liebe nicht mehr viel ein. Frauen sind heute selbstständig, können sich selbst versorgen und ihre materiellen Wünsche erfüllen. Gerade bei Karrierefrauen heißt das Fazit überspitzt formuliert: Der Mann ist ein Luxus, den ich mir für mein Herz, für die Befriedigung meiner gefühlsmäßigen Bedürfnisse leiste.

Mir ist klar, dass ich diese letzten Sätze leicht überzogen formuliert habe. Doch nicht ohne Grund. Das Überzeichnen der heutigen Situation in manchen Partnerschaften macht deutlich, dass erfolgreiche Frauen ihren Partnern nur noch ein abstraktes Gefühl davon geben können, wie sehr sie sie brauchen und – ganz wichtig in bestimmten Beziehungen – welche Aufgaben sie erfüllen sollen. Kein Wunder, dass die betroffenen Männer mit Unsicherheit und Orientierungslosigkeit reagieren und durch übersteigertes Machogehabe aus dieser Krise zu entkommen suchen. Das wiederum verunsichert ihre Partnerinnen, die nichts anderes wollen, als in einer harmonischen Beziehung zu leben. Häufig lieben Karrierefrauen an ihren Männern gerade jene Eigenschaften, die diese daran hindern, selbst Karriere zu machen. Susanne etwa, eine 45-jährige Ministerialdirigentin, sagt über ihren Lebensgefährten Enrico, der an einer Sonderschule unterrichtet: »Ich bewundere an ihm besonders, dass er sich eben nicht mit Rücksichtslosigkeit an seinen Kollegen vorbei arbeitet. Er zeigt mir jeden Tag aufs Neue, wie wichtig Mitmenschlichkeit, Nachsicht und Geduld für unsere Gesellschaft und unser Zusammenleben sind. Ohne ihn wäre ich ärmer.« Das Problem ist nur, dass sich viele Männer mit einer solchen Rolle in einer Beziehung nicht anfreunden können oder wollen.

Ausweg

Wie der Ausweg aus solchen Krisen aussieht, hängt vor allem von den betroffenen Männern und ihren Reaktionen ab. Im Fall von Kerstin und Robert etwa ist es kaum möglich, eine Lösung zu finden. Er hat seine Lebensgefährtin durch sein Verhalten so tief verletzt, dass sie sich heute fragt, wie sie jemals mit ihm glücklich sein konnte. Denn Robert wollte Kerstin mit brachialer Gewalt zurückstutzen und ihr beweisen, wie leicht er sie fertig machen kann. Von Respekt oder gar Liebe zeugte sein Verhalten nicht. Anders bei Cornelius. Auch er hat auf die Pläne seiner Frau mit Abwehr und Gebrüll reagiert. Doch er hat nie versucht, Anja abzuwerten oder sie kaputtzumachen. Die beiden haben eine Chance für einen Neuanfang, vorausgesetzt, sie wollen es. Denn Lösungen sind immer nur möglich, wenn beide Partner mitziehen.

Der Ausweg aus der Karrierefalle der Frau führt über vier Stufen:

➢ 1. Klartext reden. Es hat keinen Sinn, Ärger hinunterzuschlucken in der Hoffnung, der Partner werde sich schon wieder beruhigen. Sprechen Sie das Thema offen an und sagen Sie ihm, welche Gründe sein Verhalten Ihrer Ansicht nach hat.

- ➢ 2. Ursachenforschung bei ihm. Versuchen Sie gemeinsam, die Hintergründe für seine Reaktionen zu klären. Gelingt dies nicht, sollte Ihr Mann es allein versuchen oder sich professionelle Hilfe holen.
- ➢ 3. Überprüfen Sie Ihr eigenes Verhalten. Fingerspitzengefühl ist angesagt, wenn Sie Ihre Beziehung retten wollen.
- ➢ 4. Suchen Sie gemeinsam nach Lösungen. Dabei kann es sich um Verhaltensregeln handeln (Bitte wedle mir nicht immer mit deinen Kontoauszügen vor der Nase herum) oder auch um berufliche Entscheidungen. Gerade wenn beide in einer Firma arbeiten, kann es Sinn machen, dass Sie oder Ihr Partner das Unternehmen wechseln. Dadurch fällt der tägliche Vergleich weg.

Eines sollten Sie jedoch nie tun: Verzichten Sie nicht ihm zuliebe auf Ihre Karriere. Das würde weder Ihnen persönlich noch Ihrer Beziehung gut tun.

SONDERFALL: **»Mein Mann ist arbeitslos.«**

Das Leben von Isa und Kalle hat sich von einem Tag auf den anderen auf den Kopf gestellt. Der 41-jährige Bauzeichner ist seit sechs Monaten arbeitslos. Seine zwei Jahre jüngere Frau stockte ihre Halbtagsstelle in einer Versicherung auf und arbeitet nun voll. Kalle versorgt die beiden zwölf und dreizehn Jahre alten Kinder und macht die Hausarbeit. Der Streit, die hoffnungslose Stimmung in der Familie wird von Woche zu Woche schlimmer. Kalle leidet und reagiert schon auf den kleinsten Vorschlag oder

Hinweis seiner Frau aggressiv. Anfangs zeigte Isa noch Verständnis für die Lage ihres Mannes, doch langsam wird es ihr zu viel. Sie versteht, dass der Verlust der Arbeitsstelle für ihn schrecklich, ja traumatisch ist, dass er sich minderwertig und unnütz fühlt. Sie versteht auch, wie schwer der Rollenwechsel zum Hausmann für Kalle ist. Aber auch Isa musste sich umstellen und bräuchte hin und wieder jemand, der sie in den Arm nimmt, sie ermutigt und mit dem sie lachen könnte. Stattdessen ruht nun die Last, ihre Familie beieinander zu halten und ihre Ehe zu retten, allein auf ihr. Dazu muss sie sich auch noch von ihrem Mann kritisieren lassen und seine Launen ertragen. Isa merkt, dass es ihr immer schlechter geht, dass sie am Ende ihrer Kraft ist.
Wird der Familienvater arbeitslos, bedeutet dies einen dramatischen Einschnitt in das Leben der ganzen Familie. Isa und Kalle hatten, zumindest was den finanziellen Teil angeht, noch Glück. In ihrer Ehekrise geht es darum, Kalle den Rollentausch zu erleichtern. Denn er hat nicht nur einen wichtigen Lebensinhalt mit seiner Stelle verloren. Das Hausmanndasein verstärkt seine Minderwertigkeitsgefühle zusätzlich. Er muss lernen, was für Hausfrauen tägliches Brot ist: mangelnde Anerkennung. Noch heute werden Mütter, die nicht beruflich tätig sind, mit Aussagen konfrontiert wie: »So schön möchte ich es auch einmal haben.« Der Wert ihrer Arbeit wird, allen vollmundigen Politikerworten zum Trotz, immer noch gering geschätzt. Frauen haben notgedrungen gelernt, mit dieser Haltung umzugehen, Männer nicht. Für sie ist es enorm schwierig, mit dieser Situation fertig zu werden. Mir ist bewusst, dass es nicht einfach ist, aus einer

solchen existenziellen Krise herauszukommen. Folgende Tipps können deshalb nichts anderes als eine Anregung sein.

Tipps

➢ 1. Entlassen Sie Ihren Mann nicht aus der Verantwortung. Sie brauchen nicht die Starke zu spielen, wenn Sie Trost oder Hilfe von ihm brauchen. Damit signalisieren Sie ihm auch, wie wichtig er für Sie ist.

➢ 2. Sprechen Sie offen über ihre eigenen Gefühle, Ängste und Herausforderungen und über die Ihres Mannes. Tauschen Sie sich aus, versuchen Sie sich gegenseitig zu helfen.

➢ 3. Unterstützen Sie Ihren Mann in seinem Rollenwechsel. Vermeiden Sie Sätze wie: »Jetzt siehst du mal, was ich all die Jahre gemacht habe.« Das sind verzichtbare Messerstiche.

➢ 4. Lassen Sie Ihren Mann zu Hause schalten und walten. Das ist jetzt sein berufliches Umfeld. Mischen Sie sich möglichst nur dann ein, wenn er darum bittet.

➢ 5. Stärken Sie Ihre Gemeinsamkeiten! Wenn Sie gemeinsame Hobbys haben, betreiben Sie sie unbedingt weiter. Wenn nicht, suchen Sie sich neue. Gehen Sie gemeinsam wandern oder in die Volkshochschule. Wichtig ist, dass sie den Zusammenhalt als Paar bewahren.

13. Wie Sie Ihre Partnerschaft retten

»... reife Liebe (ist) eine Vereinigung, bei der die eigene Integrität und Individualität bewahrt bleibt«, schreibt Erich Fromm in seinem Buch »Die Kunst des Liebens«. Dieser Satz ist wunderbar und zutiefst richtig. Denn eine stabile und glückliche Partnerschaft entsteht nicht dadurch, dass sich zwei Persönlichkeiten zu einer homogenen Masse vermischen. Diese Vorstellung von Liebe ist eine Illusion – unerreichbar und vor allem todlangweilig. Wer versucht, aus zwei unvollkommenen Hälften ein vollkommenes Ganzes zu zimmern, scheitert. Tiefe, für beide Partner befriedigende Beziehungen entstehen nur zwischen eigenständigen Menschen, die sich von Herzen zugetan sind, sich ergänzen, entwickeln und entfalten. Respekt, Achtung und Toleranz müssen zum Gefühl hinzukommen, und vor allem Freiheit. Liebe allein reicht eben nicht für eine glückliche Partnerschaft. Nur wer dies erkennt und lebt, kann Krisen als Erfahrungen schätzen, die zeigen, dass ein Paar stärker ist als seine Probleme. Und nur der kann zulassen, wenn sich der oder die Geliebte verändert und die Beziehung mit ihm oder ihr.

Gerade heute in einer Zeit, in der wir uns den Luxus einer rein emotionalen Liebe, frei von materiellen Zwängen, leisten können, haben Ehe und Partnerschaft einen neuen Sinn bekommen. Wir brauchen den anderen nicht mehr, um zu überleben, sondern um zu lieben und geliebt zu werden. Es geht um Nähe, Vertrauen und Geborgenheit. Diese veränderten Bedingungen fordern von einem Paar unendlich mehr Engagement, Kraftanstrengung und Einsatzwillen als noch vor fünfzig Jahren. Es sind Eigenschaften gefragt, die wir nicht, noch nicht oder nur unvollständig besitzen. Viele Paare kommen mir heute so vor, als würde sich der Pilot eines

Doppeldeckers aus den zwanziger Jahren in einen Starfighter setzen: Der Absturz ist programmiert.

Drei Irrtümer stehen am Anfang jeder schlechten Beziehung:

- Es gibt den Richtigen oder die Richtige. (Tut es nicht!)
- Ich heirate nur den perfekten Partner. (Nobody is perfect!)
- Hauptsache wir lieben uns. Alles andere wird schon kommen. (Falsch, Partnerschaften sind oft harte Arbeit.)

Zu diesen Anfangs-Irrtümern gesellen sich eine ganze Reihe von Fehlern in der Beziehung hinzu, die oft miteinander verknüpft sind und sich gegenseitig bedingen. Wir starten mit völlig überzogenen Vorstellungen und Erwartungen in eine Partnerschaft, die nie ein Mensch erfüllen kann. Das allein wäre schon schlimm genug. Hinzu kommt, dass die meisten Menschen sich selbst kaum kennen, deshalb auch nicht wissen, was sie für sich selbst und vom Partner genau wollen. Diffuse Gefühle herrschen dort, wo konkrete und realisierbare Ansprüche oder Wünsche wichtig wären. Die Verantwortung für diese Ungewissheit, ja oft für ihr ganzes Fühlen und Handeln schieben solche Menschen dann auf den Liebsten oder die Liebste. Das ist ja auch ungemein praktisch. Schuld ist immer der andere. Diese Beziehungssünden werden gekrönt von der Unfähigkeit vieler, miteinander verständlich und klar zu kommunizieren. Trifft nun eine Frau, die sie sich selbst nicht kennt, nicht weiß, was sie will und dazu nicht kommunizieren kann, auf einen Mann, so stehen die Türen für Missverständnisse aller Art weit offen.

Ein Beispiel: Eva und Gerd sind zum 60. Geburtstag seines Vaters eingeladen. Sie kennt zwar seine Familie, aber nicht besonders gut. Als die beiden ankommen, nimmt Gerds Schwester Eva sofort in Beschlag und stellt ihr Freunde der Familie vor. Er ist beruhigt, seine Lebensgefährtin hat Kontakt gefunden und setzt sich für ein ausführliches Gespräch zu seinem Bruder. Das folgende Abendessen verläuft harmonisch, alle beteiligen sich rege an der Diskussion am Tisch. Doch Eva spürt einen diffusen Groll gegen Gerd, ohne genau zu wissen warum. Auf der Heimfahrt ist sie schweigsam. Auf Gerds Fragen, ob sie sich amüsiert habe und wie sie den einen oder anderen Verwandten finde, reagiert sie einsilbig. Er wiederum kann ihr Verhalten nicht verstehen, denkt, dass sie sich bei seiner Familie nicht wohl gefühlt hat, obwohl alle so nett zu ihr waren. Gerd versinkt seinerseits in beleidigtes Schweigen. Auch daheim findet keiner ein klärendes Wort, und so gehen sie missgestimmt ins Bett. Eva liegt lange wach und zweifelt wegen Gerds Reaktion gar an seinen Gefühlen für sie. Das Beispiel ließe sich beliebig erweitern oder komplexer gestalten. Der Hintergrund ist klar: Eva hatte unbewusst erwartet, dass sich Gerd mehr und vor allem liebevoller um sie kümmern würde. Sie fühlte sich vernachlässigt und wurde immer frustrierter. Weil sie das aber selbst nicht erkannte, konnte sie ihm auch nicht die Ursache für ihr Verhalten mitteilen. Ja sie war nicht einmal in der Lage, ihm zu sagen, dass sie nicht genau wusste, warum sie unzufrieden war. Damit beginnen die meisten Missverständnisse. Jeder interpretiert die Situation auf seine Weise. Und weil kein Gespräch zustande kommt, bleibt diese möglicherweise unzutreffende Interpretation stehen. Die Folge dieses Verhaltens ist wachsende Sprachlosigkeit. Falsche Kommunikation kann natürlich auch das Gegenteil bewirken: ständigen Streit. In jedem Fall verhindert sie jedoch, dass ein Paar langfristig glücklich wird.

Doch so wie ein Doppeldeckerpilot lernen kann, einen Starfighter zu fliegen, so können Paare es lernen, eine zufriedene, schöne Beziehung zu führen.

Die Amerikaner haben eine bewundernswerte Eigenschaft: Sie schaffen es, profunde, oft komplexe Wahrheiten in knappen, einprägsamen Sätze zu formulieren. Für die Fragestellung, wie ein Paar glücklich werden kann, würde ein solcher Satz folgendermaßen lauten: *Erkenne, was du willst, sage es klar und deutlich, und du erhältst, was du willst.*

Die zehn Geheimnisse glücklicher Beziehungen

Wer Paare, die seit vielen Jahren glücklich zusammen sind, fragt, wie sie das angestellt haben, erhält viele Antworten. Doch im Kern ähneln sie sich alle. Hier Aussagen von Frauen, die länger als sechs Jahre mit einem Mann liiert sind und ihre Partnerschaft als sehr gut bezeichnen.

Ina, sieben Jahre verheiratet, keine Kinder: *»Gerade bei Streitigkeiten und Meinungsverschiedenheiten können wir heute akzeptieren, dass es etwas Perfektes nicht gibt. Wir erkennen die Ursachen unseres Streits, versuchen einander zu verstehen und einen Kompromiss zu erzielen. Gelingt dies nicht, lassen wir diesen Punkt einfach offen. Wir müssen nicht immer und bei allem übereinstimmen. Wichtig ist, die Ansicht des anderen zu akzeptieren.«*

Erika, lebt seit 15 Jahren mit ihrem Partner, zwei Kinder: *»Das Wichtigste ist, bei größeren Problemen nicht sofort aufzugeben. Wir haben die Bereitschaft, miteinander über unsere Schwierigkeiten zu reden, und wissen, dass auch andere mit ähnlichen Konflikte kämpfen. Wir haben erkannt, dass mehr Loslassen und Freiheit mehr Nähe zueinander bedeutet.«*

Katrin, 29 Jahre verheiratet, drei Kinder: *»Die Liebe zueinander, die Achtung dem Partner gegenüber, genügend Freiraum für jeden, Vertrauen, bei Unstimmigkeiten* *reden, bei Problemen helfen und immer wieder an sich arbeiten – das sind für mich die Grundregeln einer glücklichen Ehe.«*

Respekt, Freiheit, Durchhaltevermögen, Toleranz, Achtung, miteinander reden, den anderen sich selbst sein lassen – so heißen die Bausteine guter Beziehungen. Doch wie bei einem Haus, braucht auch eine Partnerschaft ein Fundament, das diese Steine trägt. Ohne dieses Fundament droht jede Krise zur Katastrophe zu werden. Es besteht aus fünf Bedingungen, die absolut notwendig sind für eine glückliche Beziehung, und fünf Faktoren, die hinzukommen sollten, weil sie sozusagen der Zement für das Fundament sind.

Erkenne dich selbst

Selbsterkenntnis ist die wichtigste Voraussetzung für eine Beziehung zu einem anderen Menschen. Sie macht frei, selbstsicher, tolerant und erleichtert es, einen Partner zu akzeptieren. Auch mit Kritik kann so jemand viel entspannter umgehen, man fühlt sich nicht immer gleich angegriffen und tief verletzt. Nur wer sich selbst versteht, kann andere verstehen und ist in der Lage, über vieles zu reden. Allerdings dürfen Kompromisse und Veränderungen nicht an die Substanz gehen. Es ist wie mit einer Zwiebel. Die oberen Schichten sind leicht zu lösen. Sie sind zwischen zwei Menschen sozusagen das Verhandlungs- und Anpassungspotential. Je mehr Häute aber abgezogen werden, umso näher kommen wir unserem Kern. Der darf nicht angetastet werden, sonst verlieren wir uns selbst. Aber nur wer sich selbst kennt, weiß, worin der Unterschied zwischen den oberen Schichten liegt und denen tief innendrin. Er unterscheidet bewusst zwischen ihnen und zieht dem Partner Grenzen.

Liebe dich

Nur wer sich selbst kennt, kann sich lieben.Und nur wer sich selbst mit all seinen Schwächen und Stärken annimmt, ist in der Lage, auch einen anderen Menschen mit seinen vielfältigen positiven und negativen Eigenschaften zu lieben. Hinzu kommt: Nur wer sich selbst annimmt, hält sich auch für liebenswert und glaubt dem Partner seine Gefühle. Gesunder Egoismus ist nichts Negatives, er ist nötig, um zufrieden und glücklich mit sich selbst und anderen zu leben.

Setze dir Ziele

Nur wer sich kennt und liebt, kann seine wahren Bedürfnisse erforschen, selbstkritisch unter die Lupe nehmen und akzeptieren oder verwerfen. Und nur der kann daraus wahrhaftige Ziele entwickeln, die für ihn wirklich wichtig zum Leben sind. Wem all dies gelingt, der ist auch in der Lage, diese Ziele zu formulieren und – ohne schlechtes Gewissen – zu vertreten. Ich weiß, das hört sich viel leichter an, als es ist. Wie wäre es mit einer kleinen Checkliste, mit der Sie prüfen können, ob Ihre Wünsche und Ansprüche von Ihrem Partner erfüllt werden?

Setzen Sie Sich in einer ruhigen Stunde hin und schreiben Sie Ihre Bedürfnisse auf. Etwa: Ich möchte umsorgt sein. Ich will über mich sprechen können. Ich möchte frei entscheiden können. Ich möchte mehr über meinen Partner wissen. Ich will Freundschaften außerhalb der Beziehung. Ich möchte, dass er mich ernst nimmt. Ich möchte, dass er mich begehrt. Ich möchte mehr Gemeinsamkeiten. Ich brauche Verständnis. Ich will meine sexuellen Wünsche offen äußern können, etc. Wenn Sie alles aufgeschrieben haben, prüfen Sie, welche Ihrer Ansprüche erfüllt werden und welche nicht oder nur bedingt. Denken Sie genau nach, was für Sie wirklich bedeutsam ist. Bilden Sie, beginnend mit den wichtigsten, eine Reihenfolge der unbefriedigenden Punkte.

Sie werden sehen, wie viel Klarheit Sie durch diese kleine Checkliste erhalten. Viele diffuse Unstimmigkeiten der letzten Zeit beruhen genau auf diesen unerfüllten Erwartungen. Diese Einsicht allein ist zwar wertvoll, bringt Ihre Partnerschaft aber nicht weiter. Ihre Ziele kennen Sie, nun geht es um die Lösungen. Lassen Sie sich nicht verunsichern. Gute Zielsetzungen sind wie Lokomotiven. Sie setzen Energie, Phantasie und Kreativität frei und bergen oft schon die Lösungen in sich. Achten Sie jedoch auf eines: Ihre Ziele sollten positiv, nicht negativ formuliert sein. Sagen Sie »Ich will«, nicht: »Ich will nicht«. Eine Kleinigkeit vielleicht, aber wirkungsvoll. Der nächste Schritt heißt: Sprechen Sie mit Ihrem Partner.

Lerne, richtig zu kommunizieren

Reden ist klug, schweigen ist dumm. Dieser Satz gilt für die aller-, allermeisten Bereiche in einer Partnerschaft. Nur wenn ein Paar klar und verständlich miteinander kommuniziert, wird es glücklich. Ohne Kommunikation geht zwischen zwei Menschen absolut nichts! Nur wer miteinander spricht, gibt sich Orientierung. Warten Sie nicht darauf, dass Ihr Liebster ahnt, was Sie, von ihm erwarten. Vielleicht merkt er es nie. Lernen Sie, klar und eindeutig zu sagen, was Sie erwarten: »Ich möchte Kinder. Ich will, dass du mich versorgst. Ich brauche Sex und möchte von dir begehrt werden. Ich möchte frei sein. Ich möchte verwöhnt werden«, etc. Wir sollten dem anderen von Anfang an direkt und ohne Umschweife sagen, was uns bewegt und vorschwebt. Nur dann haben wir eine Chance, unsere Wünsche auch erfüllt zu bekommen. Und nur dadurch hat der Partner die Möglichkeit, Nein zu sagen. Voraussetzung für diese Kommunikation ist freilich, dass Sie wissen, was Sie wollen. Ihre Ziele müssen Sie schon kennen (siehe oben). Ich weiß, wenn man liebt, ist es schwierig, dem anderen unmissver-

ständlich zu sagen, was Sache ist. Aber diese Klarheit ist wichtig – für Sie selbst und für Ihren Partner. Sie beugt Missverständnissen vor, macht Sie berechenbar und gibt Ihrem Liebsten Orientierung. Jeder weiß, woran er ist. Der Weg für die Erfüllung Ihrer Wünsche ist offen.
Noch einige Tipps dazu: Unterscheiden Sie zwischen der Inhalts- (also den Informationen) und der Gefühlsebene (Respekt und Liebe). Der Ton macht die Musik. Sie können Ihrem Partner alles sagen, wenn Sie die entsprechende Form und den richtigen Zeitpunkt wählen. Kommt es zu einer Auseinandersetzung, beachten Sie bitte die Regeln zur Streitkultur (siehe unter 3., So streiten Sie richtig).

Lässt sich eine Kluft nicht überbrücken, lassen sich zwei Meinungen oder Überzeugungen nicht annähern und kein Kompromiss finden, dann halten Sie es einfach mit der Empfehlung englischer Diplomaten: Let's agree to disagree (Einigen wir uns darauf, dass wir uns in diesem Punkt nicht einigen). Der Trick ist einfach, doch wirkungsvoll. Wenn ein Paar gelernt hat, wie es sich ohne Kränkung und Streit nicht einigt, kann es unversöhnliche Widersprüche bestehen lassen, ohne dass diese ein nennenswertes Hindernis beim Glücklichsein bilden. Mit etwas Humor und einem Quäntchen Nachsicht lassen sich Widersprüche akzeptieren. Jeder lebt in diesem Punkt nach seiner Überzeugung. Einander zuhören, das Gehörte zusammenfassen, Erwartungen und Wünsche so konkret wie möglich formulieren, beim Thema bleiben – all diese Dinge kann jeder lernen. Therapeuten, Beratungsstellen, sogar die Volkshochschulen bieten mittlerweile Kommunikationsseminare an.

Übernehme Verantwortung

Diese Bedingung ergibt sich fast zwangsläufig aus den vorhergehenden. Wer sich selbst annimmt und seine Bedürfnisse kennt, handelt eigenverantwortlich. Auch in schwachen Momenten gibt er nicht dem Partner die Schuld für seine Gefühle und schon gar nicht für sein Handeln. Eine Beziehung funktioniert nur dann, wenn zwei reife, erwachsene Menschen sie leben, die die Verantwortung für sich selbst übernehmen und nicht dem anderen zuschieben. Achten Sie einmal darauf: Wer mit sich in Einklang lebt und weiß, was er will, verwendet Ich- und nicht Du-Sätze. Vorwürfe wie »Du bringst mich immer wieder in Rage« geben dem anderen für die eigene fehlende Selbstbeherrschung die Schuld und lenken von der eigenen Verantwortung ab. Für sich selbst einzustehen ist unbequem, aber für eine reife Beziehung unabdingbar.

Wer diese fünf Bedingungen erfüllt, liegt – um es salopp auszudrücken – gut im Rennen. Das Fundament seiner Partnerschaft ist bereits ziemlich stabil. Was nun noch hinzu kommt, sind Faktoren, die eine Beziehung erst richtig rund machen.

Schaffe Rückzugsmöglichkeiten

Das Wechselspiel zwischen Nähe und Distanz kennt jedes Paar. Liebe, eine glückliche Partnerschaft brauchen beides. Weil dem so ist, sind Rückzugsmöglichkeiten für beide enorm wichtig. Einmal allein sein, seinen Gedanken nachhängen, in Ruhe mit der besten Freundin quatschen, kurz: einen Bereich haben, der off-limits für den Liebsten ist, wäre ideal. Am besten ist natürlich ein eigenes Zimmer oder eine Ferienwohnung irgendwo. Wer das nicht hat, der sollte sich im Schlafzimmer ein persönliches Eck einrichten. Solche Rückzugsmöglichkeiten sind immer wichtig, vor allem aber bei Streit und Meinungsverschiedenheiten, wenn man den Partner einmal nicht sehen will. Denn sie schaffen Luft und die Distanz, die für eine Wiederannäherung notwendig ist.

Suche Anerkennung auch außerhalb der Partnerschaft
In diesem Punkt geht es um Unabhängigkeit, nicht vor allem um wirtschaftliche, sondern um die innere, die einem starken Selbstbewusstsein entspringt. Anerkennung außerhalb der Partnerschaft – sei es im Beruf oder durch andere Tätigkeiten, etwa im Sportverein, Elternbeirat etc. – stärkt das Selbstwertgefühl. Man weiß unabhängig vom Partner, dass man etwas leisten kann, das macht ausgeglichener, entspannter und belastbarer. Gerade Frauen, die über längere Zeit Hausfrau und Mutter waren, haben diese Bestätigung bitter nötig. Der Mann als alleinige Anerkennungsquelle reicht nicht.

Pflege Freundschaften
Der Liebste kann und sollte nicht alle emotionalen Bedürfnisse abdecken. Das macht abhängig und birgt Konflikte. Deshalb braucht jeder neben dem Partner und dem gemeinsamen Freundeskreis eigenständige soziale Kontakte, sei es die beste Freundin oder besonders nette, sympathische Kollegen. Treffen Sie Ihre Bekannten ruhig allein. Gerade in einer guten Beziehung muss man nicht alles gemeinsam machen. Dieses soziale Netz macht Sie unabhängig und Sie erfahren, dass Sie auch für andere liebenswert sind. Diese Anerkennung gehört mit zu den wichtigsten Energiequellen. Sie macht Sie frei und sicher – auch für Ihren Partner. Übrigens: Gerade wenn es einmal im Beziehungsgebälk knirscht, werden Sie um Ihre eigenen Kontakte froh sein. Dort können Sie sich kritische Anregungen und Stärkung holen.

Schaffe Gemeinsamkeiten
Liebe allein, habe ich bereits angemerkt, reicht nicht für eine glückliche Beziehung. Ohne Gemeinsamkeiten wird sie schnell schal und leer. Gemeinsamkeiten, seien es Ziele wie Kindererziehung, Aufbau einer Firma, Hobby, Reisen und ähnliches, füllen die Liebe immer wieder aufs

Neue mit Bedeutung. So einsichtig dies klingt, so schwer ist es umzusetzen. Denn es ist nicht damit getan, einmal Ziele zu entwerfen oder gemeinsame Lebensbereich zu entwickeln und die dann ein Leben lang zu verfolgen. Partnerschaften sind nicht statisch, sondern dynamisch, wie die Menschen, die sie führen. Deshalb gilt es in einer glücklichen Beziehung, sich Gemeinsamkeiten immer wieder neu zu schaffen, zu erarbeiten. Sie sind das frische Wasser, das eine Ehe speist und interessant erhält.

Achte auf die Sexualität

Es mag glückliche Paare geben, die nicht mehr miteinander schlafen. Die Regel sind sie nicht. Schöner, befriedigender Sex gehört zu einer glücklichen Partnerschaft. Die Sexualität ist die intimste Form der Kommunikation. Selten kommen sich zwei Menschen so nahe wie im Bett – vorausgesetzt, sie lieben sich. Vor allem dort geben sie sich ganz hin, sind offen, ja schutzlos einander ausgeliefert. Dort lernt sich ein Paar am besten kennen. Und dort kann es die Beziehung immer wieder revitalisieren. Wie häufig, wie lange und auf welche Weise ein Paar miteinander schläft, ist nebensächlich, hängt von Temperament, Körperbewusstsein der Partner und anderen Faktoren ab. Es zählt allein, ob beide mit ihrer Sexualität zufrieden sind. Klappt es im Bett nicht mehr, lässt die Anziehungskraft und Attraktivität des Partners nach, können andere Probleme dahinter stecken. Deshalb sollte ein Paar solche Schwierigkeiten nicht auf die leichte Schulter nehmen.

Und was ist mit der Liebe?

Sie haben es sicherlich gemerkt, ich habe mich auf all den vorangegangenen Seiten um eine Frage herumgedrückt: Was ist Liebe? Das hatte einen einfachen Grund. Ich kann sie nicht beantworten. Philosophen, Poeten, Schriftsteller, Psychologen, Soziologen sind seit Jahrtausenden diesem Mysterium auf der Spur – erfolglos. Nähe, Geborgenheit, Zuneigung, Sicherheit, Vertrauen – mit diesen Begriffen umschreiben Paare ihre Gefühle. Oder auch: Schmetterlinge im Bauch, Begehren, ineinander aufgehen. Ich meine, im Grunde genommen müssen wir Liebe nicht definieren. Keiner weiß genau, was dieses Gefühl ausmacht, aber jeder spürt es, wenn er liebt. Und das allein zählt. Erst die Liebe macht uns offen für einen anderen Menschen. Ohne sie fänden wir nicht die Kraft für Partnerschaften. Sie ist wandelbar wie der Mensch selbst. Es gibt sie in unzähligen Variationen. Sie ist einzig und allumfassend. Ohne Liebe gäbe es keine glücklichen Paare.

Anhang

Therapeuten und Ehe- bzw. Partnerschaftsberatungsstellen gibt es in Deutschland mittlerweile viele. Wer professionelle Hilfe sucht, kann sich an folgende Adressen wenden:

Deutscher Psychotherapeutenverband (DPTV) e.V., Bundesallee 213–214, 10719 Berlin.
Hier erhalten Sie ein Verzeichnis niedergelassener Psychologen.

Bundesverband der Arbeiterwohlfahrt, Marie-Juchacz-Haus, Oppelnersstr. 130, 53119 Bonn.

Deutscher Caritas-Verband, Karlstr. 40, 79104 Freiburg.

Diakonisches Werk, Stafflenbergstr. 76, 70184 Stuttgart.

Bundesverband Pro Familia, Cronstetterstr. 30, 60322 Frankfurt/M.

Deutsche Arbeitsgemeinschaft für Jugend- und Eheberatung (DAJEB), Münchner Str. 20, 85774 Unterföhring
Hier erhalten Sie ein Verzeichnis aller deutschen Eheberatungsstellen.

Die kirchlichen Institutionen unterhalten ebenso wie Pro Familia in vielen Städten eigene Niederlassungen, in denen auch Partnerschaftsberatung angeboten wird.
Sollten Sie einen privaten Therapeuten vorziehen, hören Sie sich am besten bei Freunden, Bekannten und Kollegen um und lassen sich einen Psychologen empfehlen. Freilich können Sie auch einfach im Telefonbuch nachschlagen.

Verschiedene kirchliche Beratungsstellen bieten ebenso wie die Volkshochschulen und freie Träger Kommunikationsprogramme an. Besonders empfehlenswert ist das »Partnerschaftliche Lernprogramm«, kurz EPL genannt. Das Training zielt konkret auf die Kommunikations- und Problemlösungsfertigkeiten eines Paares.
Informationen über das EPL erhalten Sie auch bei der Christoph-Dornier-Stiftung für Klinische Psychologie, Institut Braunschweig, Konstantin-Uhde-Str. 4, 38106 Braunschweig. Tel. 05 31/3 91 28 65.